ハヤカワ文庫 SF

〈SF2471〉

宇宙英雄ローダン・シリーズ〈731〉

平和スピーカー

ペーター・グリーゼ＆ロベルト・フェルトホフ

井口富美子訳

早川書房

9136

PERRY RHODAN
DER FRIEDENSSPRECHER
OPERATION BRUTWELT
by

Peter Griese
Robert Feldhoff

Translated by
Fumiko Iguchi
First published 2025 in Japan by
HAYAKAWA PUBLISHING, INC.
This book is published in Japan by
arrangement with
HEINRICH BAUER VERLAG KG, HAMBURG, GERMANY
through JAPAN UNI AGENCY, INC., TOKYO.

目次

平和スピーカー

平和スピーカー

ペーター・グリーゼ

登場人物

ペリー・ローダン……………………銀河系船団最高指揮官
アンブッシュ・サトー………………超現実学者
ラランド・ミシュコム………………《シマロン》副操縦士
デグルウム
ガヴヴァル ……………………………アノリー
シルバアト
ウマニオク……………………………交易惑星バイドラの暗黒街の帝王
ズウォバス・イェンコル……………同ゼルマロンカ人の老婆
ダギロフ・コロウナー（ダグ）……同宇宙船所持者。ヴィンクラン人
トマア・クレロス……………………ヴィッダーの連絡員。アンティ

1

聞いてくれ、自分のルーツがどこにあるのか忘れてしまったきみたちよ！

これを見ろ、自分の出身地がどんなところか忘れてしまったきみたちよ！

きみたちのおこないは、いまやいたるところで知られている。それはきみたちのもとの故郷惑星にまで届き、不信と恐怖を呼び起こした。われわれは〝銀河系〟と呼ばれるこの銀河、きみたちがおこなった恥ずべき行為の現場に駆けつけ、きみたちについて語られたことがすべて真実であると、この目で見て確かめた。

そのいまわしく残忍な行為は、われわれの危惧をはるかに超えている。生体でも人工でも、その耳を傾け、目を開け！

まだ残っているなら、心と魂を開け。ここにあたらしい平和のメッセージを送ろう。われわれはきみたちを正しい道に導くためにやってきた。

（平和スピーカーの文言と映像より）

＊

コード化され時間短縮されたふたつのパルスシーケンスが宇宙を駆けめぐった。ハイパー通信信号はその目的地に間違いなく到達し、最初のアラームが出された。

六個ある探知ゾンデの球状の外観はすべて同じだ。直径およそ〇・五メートルの黒色で鉢形状の切りこみがある。そのなかにハイパー探知アンテナやハイパー通信アンテナがあるとわかるのは専門技術者ぐらいだ。この小さな物体は、辺の長さがほぼ二光時、つまり二十億キロメートルの八面体の仮想角を形成していた。

仮想物体の中心には淡紅色の恒星ゴリング＝マートがあり、その周囲には唯一の惑星、かつてはシシュターと呼ばれていたシスタがあった。大きさは火星ほどで大気もないこの天体には歴史的に重要な過去があったが、NGZ一一四五年現在、地表にはもはやその痕跡すらない。

この惑星はまるで死んでいるようだ。六つのゾンデと石だらけの惑星とのあいだにどんなつながりがあるか、外部からは見きわめられないほどたがいに遠く離れていた。関係を知るには、シスタの地表の下を見る必要がある。

太陽系帝国艦隊の秘密の装備貯蔵所であった旧倉庫群には、スタート準備の整った宇宙船が六隻停泊していた。ペリー・ローダンが座乗する《オーディン》、三名のアノリー、デグルウム、シルバアト、ガヴヴァルの《ヤルカンドゥ》、それから《シマロン》、《バルバロッサ》、《カシオペア》、そして《ペルセウス》だ。この四週間で惑星表面はほぼ完璧にカヴァーされ、知的生命体や超現代的な宇宙船の存在が宇宙から探知できないようになっていた。

まだ数週間しか使用していない探知ゾンデのうち四つはこの地味な惑星のちょうど赤道面にあり、ほかのふたつは仮想地表上空の高いところと、地表下にあった。一一四五年十月一日、このふたつから三十秒の間隔をあけて警告が送られてきた。

このときペリー・ローダンは、自船《オーディン》の司令室にいた。ほかの宇宙船と同様、かれが命じた緊急出動態勢が船内にしかれている。直径五百メートルの球型船で、ローダンはさまざまな警戒計画について、上層部とのミーティングを終えたところだった。

《ヤルカンドゥ》の三名のアノリー以外に、ほかの船の指揮官たちも出席していた。《バルバロッサ》の副長カルタン人のフェル・ムーン、《ペルセウス》のボルダー・ダーン、《カシオペア》のランドルフ・ラモン、そして《シマロン》のララランド・ミシュコムだ。通信回線を通じて、これらの船の乗員もミーティングに参加していた。

これにはつねに緊急出動態勢に加わっているアノリーも含まれていた。

最初の警報信号でフェル・ムーン、ボルダー・ダーン、ランドルフ・ラモンは自船での対応が必要なため、無言のままただちに《オーディン》をあとにした。ラランド・ミシュコムだけがローダンのもとにとどまった。彼女はローダンの球型宇宙船でレジナルド・ブルの〝常任代理人〟の役割を果たしていた。

「猿はココナッツを投げるが、それはかならず最初で、最後じゃない。古いアフリカの格言です」そういうと、ララは測位エコーを指ししめした。「これもきっと同じですよ」

「これがきみから聞く最後の古いアフリカの格言になるといいな」とローダン。「今度言ったら、きみを《シマロン》に戻すから」

ラランド・ミシュコムはしかめ面をして沈黙した。

《オーディン》乗員で首席操縦士のノーマン・グラス、探知センターチーフのサムナ・ピルコク、火器管制チーフであるブルー族のフィリル・ドゥウエルたちは、六つのゾンデのうちふたつが連絡してきたことを受信機が告げると、真っ先に耳をそばだてた。なにしろ、探知メカニズムを実装してからはじめての信号だったのだ。

エイレーネ、グッキー、ベオドゥももちろん耳を傾けた。サラアム・シインは、それまで背の低い友を楽しませていた静かなメロディを中断した。司令室後方では、アンブッシュ・サトー、エンザ・マンスール、ノックス・カントルが熱い議論を中断した。

　ふたつのゾンデが送ってきた警告に、驚く者はいなかった。ローダンは敵の出現を予想していたし、必要な準備は完了していたからだ。計画も複数用意してある。どれにしたがうかは敵の反応しだいだ。

　敵とは、カンタロのことだ。このドロイドの背後に隠れているにちがいない未知の勢力は、モノスだ！　モノスは正体をあらわさないだろうが、そんなことはどうでもいい。ドロイドの背後に巧みなカムフラージュ術を心得た勢力があることは、もはや疑いようがなかった。そして敵であるペリー・ローダンを執拗に苦しめる手段を持っている。

　ふたつのゾンデが送ってきた情報は、場所の情報以外はほとんど同じだった。どちらも三隻の未知の宇宙船を確認している。それは一光年以上の距離を置いてハイパー空間からあらわれ、今はゴリング＝マート星系に向かって自由落下していたが、急いでいるようには見えなかった。

「なにかを待っているな」ローダンは推測した。

「これ以上解像度は上げられません」サムナ・ピルコクが騒々しく報告した。ふくよかな女スプリンガーだ。「このゾンデではまだ無理です。距離が離れすぎています。こいつらがもっと近づいてこないと……」

　サムナは話を中断した。数秒前にあたらしい位置データが受信されたからだ。さらなる未知宇宙船が六つ、すべてのゾンデの前にあらわれた。赤道面に位置している四つのゾンデも宇宙船を探知したのだ。ただし、メインの観測方向からではない。だがその方向に、それぞれ三隻の宇宙船からなる船団が出現した。ゾンデはこちらを最重要だと判断した。

「四方八方からやってきます」ローダンの隣りにいるアンブッシュ・サトーが確認した。「かれらの目標はシスタにちがいありません」

「そのようだな」とローダン。「だが、まだ具体的な命令は出せない。だれがくるのか、そしてなにがしたいのか、確認したい。それまでは、まったく動かず、可能なかぎりエネルギー中立を保つ」

それからわずか一分後、各三隻六船団、計十八隻の宇宙船が各方面から近づいてくるのが確認された。新参船の外観について正確なことはまだなにもいえなかったが、共通の飛行方向は特定できた。ゴリング＝マート星系を目ざしている。

具体的な目標はただひとつ。シスタだ！

「敵はわたしがどこにいるか正確に知っている」ペリー・ローダンは静かに、しかしみなにわかるようにはっきりと告げた。「三名のアノリーがここ三、四週間でおこなったことも、敵はもちろん気づいている」

隣りにいる超現実学者は悲しげな表情になった。ローダンの言葉は、サトーによる保護措置が信頼できないことの証《あか》しであり、それが役にたたないことを意味している。十八隻の宇宙船の到来は、それを裏づけていた。

「警報段階マイナスベータ」と、ローダンは命じた。

これが発令されると、六隻すべての宇宙船が緊急スタート準備をしなければならない。あとは想定される敵に対する計画に使う合言葉を待つだけだ。決断の時は迫っていた。

その時がくる前に、テラナーは千三百年前のポジトロニクスで制御されるシスタの防御システムを作動させ、これまでに判明した襲撃者候補のデータを送信した。疑念は消えていなかったが、すぐに確信に変わった。

十八の探知ポイントがすべて、しかもまったく同時にスクリーンから消え、数秒後にふたたびあらわれたと思うや、これらの宇宙船はすでに六つのゾンデが形作る八面体のなかに入っていた。

矢継ぎ早にさまざまなことが起こった。

近接画像からは、これらの船がよく知られた永遠の船、こぶ型艦とも呼ばれるカンタロ船であることがすぐに判明した。船のシルエットがはっきり示している。

新来客の正体は、もはや疑うべくもない。

さらに、ゾンデが正確なデータを送ってこなくなった。短時間の集中砲火で消滅してしまったのだ。ローダンたちは敵が数だけでなく技術でも勝《まさ》っていることを思い知った。ちっぽけな物体を一瞬のうちに探し出して始末したのだ。

それはつまり、この惑星の地表下に隠した宇宙船が発見される可能性も高いということだった。

ペリー・ローダンはさらに数秒待ち、必要な最終確認を受けとった。すべての宇宙船を常時スタート準備状態にしておいたことは正解だった。敵に反撃するための二十二日間にわたる全訓練もむだではなかった。

十八隻の永遠の船は今、惑星シスタを中心としてリング状に整列している。これなら重火器のエネルギー兵器であるトランスフォーム砲とイレギュレーター放射砲がものをいうだろう。

最初の砲撃で、攻撃側がこちらの位置を知らないことがはっきりした。惑星表面全体を掃射してきたのだ。用意周到なカンタロ船の攻撃を切り抜けてすみやかに脱出するにしても、残された時間はあと数分だった。

太陽系帝国の古い防衛要塞が宇宙に向けて砲撃したが、かれらに敬意を抱かせるどころか、危険にさらすことすらできなかった。

ペリー・ローダンからためらいが消えた。二分前には《オーディン》のシントロニクスが準備した対策をリストアップした。シントロニクスは〝アルゴスの目〟計画をすすめてきた。これは事前に計画されていた多数の戦略のうちのひとつだ。

ローダンがその合言葉を口にすると、《シマロン》、《バルバロッサ》、《ペルセウス》そして《カシオペア》の乗員は、今が行動を起こす時だと瞬時に悟った。かれらは準備された対策一覧に忠実にしたがうだろう。

三名のアノリーと《ヤルカンドゥ》が参加しないことはいうまでもない。かれらは自分自身の主人であり、自分たちがやりたいようにしてきたし、これからもそうだろう。

アルゴスの目、この合言葉は緊急スタートと梯形《ていけい》編隊での退却を意味していた。シスタの地表が幅数キロメートルにわたって開き、六隻の宇宙船が外へ出た。デグルウムは自船《ヤルカンドゥ》で加わった。

＊

数秒後、惑星シスタ周辺は弱々しく光る恒星ゴリング＝マートがかすむほど明るく輝いた。宇宙船十八隻に五隻が加わり、宇宙は火の海に変わった。このエネルギーのカオスに、《ヤルカンドゥ》は参加しなかった。

テラナー側で敵方に砲射したのは《オーディン》と《シマロン》だけだ。だがそれもアルゴスの目計画にしたがったまで。ペリー・ローダンは、《バルバロッサ》、《カシオペア》、《ペルセウス》がこの戦闘に必要な技術水準には満たないと判断していた。三隻は最新技術に換装されておらず、合理的に考えてカンタロに勝てるチャンスはない。みすみす戦場に送るのはばかげていた。

アルゴスの目計画では、三隻が激しい戦闘に参加しているように見せかけつつ、実際はメタグラヴ・ヴォーテックスをすみやかに通過できるよう最大加速度で逃走し、砲撃による破壊を避けることになっていた。《オーディン》と《シマロン》の任務は三隻の退却を援護してカンタロ船の追跡を阻止することだったが、戦力バランスが不明だったために、作戦遂行は困難をきわめた。

あらゆる事態を想定し、あらゆる準備がなされていた。《オーディン》と《シマロン》は低戦力の三隻よりも高速で逃走し、恒星ゴリング＝マート方向へ進みながら、カンタロ部隊に向けて砲撃した。案の定、こぶ型艦は惑星付近まで押し戻された。《ヤルカンドゥ》がいったいなにをしているのか、最初は《オーディン》乗員のだれにもわからなかった。アノリーの半月船は、砲撃の合間を縫ってどこかへ消えてしまったのだ。明らかになったことはほかにもあった。

現在はペリー・ローダンの指揮下にあるガルブレイス・デイトンのもと旗艦は、戦闘能力が非常に高かったのだ。

《オーディン》は恒星ゴリング＝マートへ向かう途中で予定どおりコースからはずれるまでに二度直撃弾を命中させた。敵は激しく損傷し、六百五十年以上昔の球体船が今なお最新技術を維持していることは間違いない。

通信で呼びかけて平和的な意思疎通を試みていたが、敵が応じるようすはなかった。

そこで探知センターのチーフであるサムナ・ピルコクは別の仕事にとりかかった。彼女は《オーディン》の激しい砲撃を受けて漂流する二隻の残骸にアンテナを向けた。遭難信号か救援要請に類するものがあるはずだと思ったからだ。

最初はなにも聞こえなかった。そこでシントロニクス制御の自動システムと自動評価のスイッチを入れた。激しい戦闘が続いている最中、彼女は怪訝《けげん》に思った。受信したのが明らかにロボットの出すデータストリームだけだったからだ。この信号は単純で、ふつうのコード化しかされていなかった。その内容は命中弾や損害に関する客観的事実だけで、助けや救助を求める叫びも感情もなく、人間らしさは皆無《かいむ》だった。

経験豊富な女スプリンガーがくだした結論はシンプルだった。すくなくともこの二隻のこぶ型艦に乗っているのはロボットだけで、カンタロ＝ドロイドやほかの知的生命体はいない。

だが確信が持てないまま、さらに傍受を続けた。

聞こえてきたカンタロ船同士の情報交換は、彼女の仮説を裏づけるものだった。そこで交わされているのはデータストリームだけで、シントロニクスは間違いなくロボットのものだと判断した。しかも襲撃者には序列がない。船長らしきものもいない。どの船にも知的生命体の指揮官はいないという結論がくだされた。

彼女は調査結果をまとめ、《オーディン》だけでなく《シマロン》にも伝えた。もしかしたら、カンタロ船に対して良心の呵責《かしやく》を感じ、手かげんしてしまう者がまだどこかにいるかもしれない。相手がただのロボットであれば、そのような心配は解消されるだろう。

彼女は監視スクリーンにうつしだされる戦闘のようすを追った。永遠の船は、逃走する三隻の手前に割って入った《オーディン》と《シマロン》に狙いを定めた。三隻の逃走が成功するまで、まだ数分の猶予が必要だった。

カンタロはそれを察知し、《バルバロッサ》、《ペルセウス》、《カシオペア》に砲火を浴びせようと強行突破を開始した。

《オーディン》の防御バリアは大規模な砲撃を受けて大音響に包まれた。だが《シマロン》ではそうはいかない。事態は急展開した。シントロニクスは、三隻の安全が確保される前に、この戦闘で《オーディン》と《シマロン》が敗《やぶ》れるだろうと予測した。そうなれば五隻すべてが終わりだ。

「乗員がロボットだけというあなたの結論は正しい」サムナ・ピルコクはその声を聞いて顔を上げた。声の主はアノリーのガヴヴァルだ。「われわれは今から参戦します」

自動システムが司令部の最重要メンバーに、このやりとりを中継した。女スプリンガーは混乱のなかでローダンの吐息が聞こえたと思ったが、気のせいにちがいない。

突然《ヤルカンドゥ》が姿をあらわした。今までどこに隠れていたのかは謎だが、おそらくシスタの裏側にいたのだろう。

半月船は惑星と恒星ゴリング＝マートを結ぶラインの脇に陣取った。そのライン上にはほぼすべてのカンタロ船と、《オーディン》、《シマロン》もいる。

ペリー・ローダンは、アノリーがフィクティヴ転送技術の達人であることを知っていた。だが、かれらの兵器がどう機能するのか、正確なことはほとんどなにも知られていない。たとえ強い散乱エネルギー以外になにひとつ検出できないとしても、その効果は自明だった。

三隻のこぶ型艦が立て続けに深刻なダメージを受けた。そのうちのひとつで連鎖反応が起こり、大爆発に至った。残ったのは赤く膨張していく熱球だけだ。残りの二隻は引き裂かれて巨大な破片となり、赤く燃えながら宇宙空間をふらふらと進んでいった。

襲撃者は混乱をきわめた。《オーディン》乗員はそれに乗じて砲撃の手をゆるめず、破壊効果はないものの次々に命中させた。突如ふたたびチャンスが訪れた。

カンタロ船はあらたな危険をすぐに分析し、頼りなげな《ヤルカンドゥ》に集中砲火した。アノリーはまたたく間に敵の攻撃をかわし、永遠の船を自船と《オーディン》とのあいだに割りこませた。《シマロン》は逃走する三隻を守っていたが、危険はほぼなくなっていた。

またしても敵艦三隻が次々に爆発したが、アノリーが兵器を使うようすをローダンはじっくり観察できなかった。《オーディン》の激しいトランスフォーム砲撃で、敵の四隻めは防御バリアもろとも崩壊し、そのあとはもう型どおりだった。

戦いの終わりが予想されたが、ロボット船はおのれの運命を自覚しながらも執拗に戦い続け、こぶ型艦が残り五隻になってようやく逃げ出した。ペリー・ローダンもアノリーも、追跡は断念した。

攻撃は撃退された。カンタロ船は大敗を喫したのだ。敗走したこぶ型艦はもう探知スクリーンにうつっていなかった。

だがアルゴスの目計画は今も有効だ。つまり、シスタ基地は放棄するしかない。かくれ場が敵に知られた以上、ここに戻ってもあらたな戦いが待っているだけだ。戻るのは無意味だろう。

《バルバロッサ》、《カシオペア》、《ペルセウス》はすでに通常空間から姿を消していた。なんの被害もなく、脱出は計画どおりに成功した。

ローダンは《ヤルカンドゥ》と連絡をとった。デグルウムは最初に出撃をためらったことを謝罪するかのように説明を始めた。

「介入はまず不可能でした。カンタロが乗船していると思いこんでいましたから。たとえドロイドであっても、わたしたちの外見とどれほどちがっていても、どこかに血のかよった人間ですからね。だとすれば、どんな暴力も許されないでしょう。あなたがたの分析で襲撃者がロボットに操縦されているだけということがはっきりしました。それでようやく、すべての逡巡《しゅんじゅん》を捨てさることができたんです」

テラナーはかれらの行動を当然のことだったとして支援に感謝した。

「われわれは空虚空間の中立点まで飛ぶ」と、かれは続けた。「遅くとも三時間以内に現地で集合しよう。それまでに万が一追っ手がいたとしても振りきれるだろう。それがアルゴスの目計画だ」

「ええ、わかっています」アノリーは計画の詳細をすべて熟知しているようだ。「あなたがたについていきます」

ローダンはその言葉を待っていた。

シントロニクスは飛行データを同期させた。種類の異なる三隻の宇宙船がいっせいに加速し、ほどなくしてハイパー空間へ消えていった。

2

忘れないでくれ！　そう、カンタロと呼ばれるきみたちのこと、きみたちの起源を忘れるな！　きみたちの祖先はわれわれ種族の分派で、アノリー族の一部だった。そのことを忘れたのか？　それとも、自らを守りきれずに脳を強制的に操作され、忘れるしかなかったのか？　科学者の昔の価値観はどこにいった？

　わたしたちの言葉では、きみたちは〝カンタルイ〟と呼ばれ、その意味は〝はぐれ者〟や〝放浪者〟だ。

ただ放浪しているだけならよかったのに！

だが、きみたちは残忍な征服者、独裁者、殺人者となってしまった。きみたちは、本物の生命体に対してなんら敬意をはらわない異人に奉仕している。きみたちは、邪悪な態度を進んで身につけ、自分たちの哲学として選んだのだ！

　きみたちの罪は身の毛もよだつもので、信じがたいほどだ。それでもなお、わたしたちはきみたちが正しい道を見つける手助けをする兄弟姉妹であることを知ってほしい。

よく見るんだ！　自分たちがどうなったのか見きわめろ！

こっちを見ろ！　わたしたちはきみたちを破滅の渦のなかから救い出すため、手を差しのべる。アノリーの手をとれ！


（平和スピーカーの文言より）

＊

今から二、三時間は、重大なことは起きないだろう。そう考えてペリー・ローダンは私室に引きこもり、《オーディン》の指揮権を首席操縦士のノーマン・グラスに任せた。宙航士として豊富な経験を持つこのテラナーに、ローダンは全幅《ぜんぷく》の信頼を置いている。このことは《オーディン》乗員のほかの幹部にもあてはまった。

注意深いサムナ・ピルコクは、特に今、非常に役にたっている。彼女の活躍がなければ、アノリーはこぶ型艦にカンタロがいないことに気づかなかったかもしれない。もしそうなっていたらと考えるだけでも気分が沈む。

火器管制センターのチーフでブルー族のフィリル・ドゥウエルも格別称讃に値《あた》いする。首席船医でセッジ・ミドメイズの旧友クナル・セルクや、格納庫チーフで警報戦略家のオレグ・グリクなど、ほかの重要人物の能力も遜色《そんしょく》はない。ガルブレイス・デイトンの旗艦の扱いを完全に習熟した、すべての《オーディン》乗員も同じだった。

ペリー・ローダンの思考は、周囲の環境から最近の出来ごとへと戻っていった。

今回の勝利に喜びはまったく感じられない。いずれカンタロのこぶ型艦があらわれるだろうとは予想していた。その理由がもっと深いところにあるのは周知のとおりだ。かれらはほとんど識別できないし、見破ることもできなかった。ずっと秘密のヴェールに包まれたままだろう。

ローダンは心のなかで、ゴリング＝マート星系での戦いは双方にとってまったくの無意味だったと、冷静に判断した。どう考えてもたいていの武力衝突より無益だ。

敵は宇宙船十三隻とおよそ百体のロボットを失った。だがそんな犠牲をはらって得るものはあったのだろうか。テラナーが小船団でシスタにかくれていることは以前から知っていたはずだ。

ローダンは基地を失った。しかし、それとて真の損失とはいえない。ローダンがモノスと呼ぶ謎に満ちた敵は、かれと仲間の居場所をとっくに知っていたのだから。

いやちがう、この戦いはどちらにも利益をもたらさなかった。物質的な損失は遅かれ早かれ修復できる。だが双方とも、自分たちが優位に立ったとは感じていなかった。

もしかしたら、この悲しい出来ごとにもいい面はあるのかもしれない、と孤独な男は考えた。かれはゲシールの写真をちらっと見ると、自動供給装置のフルーツ・ジュースを手にした。ひと口飲んでシートに身を沈め、「そうだ」と、心のなかで思った。「この戦いにはいい面もあった。まず、知的生物に危害は加えられなかった。そしてなにより、三名のアノリーがふたたびカンタロの残忍な行為を体験した！　しかも今回は身をもって！」

長身のヒューマノイド三名とその直近の行動については、別々にとり組まなければとローダンは考えていた。アノリーはNGC7331銀河からきたが、もともとはかれらがアイレイと呼ぶ惑星の出身だ。そこはカンタロの故郷でもあった！

ペリー・ローダンの思考がさらに飛躍し、ごく私的な心配や問題、精神的苦痛が心を占めた。いちばんは行方不明の妻、ゲシールのことだ。もう長いあいだ、なんの音沙汰もない。

ローダンが今〝モノス〟と呼んでいるものは、正体不明で強大な権力を持っていながら、単独で行動しているように見える。そのモノスが、ゲシールの存在を示す明らかな証拠を送ってきた。それは組織サンプルで、モノスが、ゲシールとまったく未知の別の存在とのあいだの子供であることをはっきり証明していた。それはきわめて不名誉なことであり、苦い思いがローダンの精神をさいなんだ。

このような精神攻撃は心理テロ手法によるものだった。モノスの協力者たちはローダンの意識に直接働きかけた。それはこの亡霊の正体が暴《あば》かれるまで続いた。

精神攻撃がなくなったあとも不安は残った。

すでに半年前から、アンブッシュ・サトーはペリー・ローダン専用の特殊防護バリアを開発し、改良を重ねていた。今もローダンはこのマイクロモジュールを身につけている。セランに内蔵するか単体で着用するかは自分で選択できた。超現実学者はこの技術機器が機能することを、当初から確信していた。

それだけの労力をかけた甲斐《かい》はあった。惑星シシュフォスとそれに続くアルヘナへの寄り道で遭遇した事件以来、ペリー・ローダンは謎の敵が自分の居場所をつねに正確に把握していると考えざるをえなかった。アンブッシュ・サトーが開発した装置は、予想されるあらゆるハイパー周波数の身体放出、細胞核放射、細胞活性装置がはなつ振動放射も防ぐよう設計されていた。

ローダンはモジュールの効果を信じていた。だが八月に入ったころ、すなわち五週間前、それが誤りだとわかった。ローダンの居場所を正確に知っていると、モノスが執拗に誇示してきたのだ。

こうした現実は憂鬱ではあったが、ある種の裏づけにもなった。抵抗組織〝ヴィッダー〟拠点惑星から距離を置いていたのは大正解だった。たとえ組織がまだカンタロの標的ではないにしても。

アンブッシュ・サトーはそれでもまだ、自分の技術が生みだしたものを信じていた。

ローダンが疑念を持つのは当然だったが、それを目《ま》のあたりにしたサトーは心を痛めた。ペリー・ローダンは思慮深く、〝モノス〟など単なる言葉にすぎないと自分にいい聞かせた。実際の敵がどんな姿をしているのか、ひとりなのか複数なのかもわからない。また〝ロードの支配者〟についても疑問は多数あった。関連はあるが、はっきり指摘はできなかった。

敵はなにを望んでいたのか？　モノスはどこへ向かっていたのか？　ローダンを排除するチャンスは何度もあった。十八隻の永遠の船がもっとうまく連携していれば、シスタでも成功したはずだ。

事情がどうであれ、シスタへの攻撃は別のことも示していた。モノスは今なお相手の居場所を正確に把握している。そしてかれは、致命的な攻撃を加えることなく、始めたゲームを続けている。この力の誇示は、神経を消耗させ疲労させる。だがローダンは、それぐらいのことはとうに受け入れていた。

アカランダ・ベルツィのにせものがかれに見せた夢のイメージはもっとひどいものだった。その夢では見知らぬ男に誘惑されたか虐待されたモノスの母親が、最愛のゲシールだったからだ。

ローダンにとってこの半年と数日間は、なんら変わらないも同然だ。モノスは自分の力をはっきり誇示した。そして、ローダン自身は大きな目標をどれひとつ達成していない。

カンタロの繁殖惑星シュウンガーを探して出発した自由商人船《ナルヴェンネ》の残骸が発見されたことに、かれは特に苦しんだ。アンブッシュ・サトーはセファイデン宙域にあるこの惑星の情報を、自由商人ペドラス・フォッホを記憶解剖して手に入れた。カンタロのダアルショルの捕縛で特別な功績をあげたこの手練れの勇士は、《ナルヴェンネ》に移乗して探索におもむいたのだ。

今はもうペドラス・フォッホはいない。ロワ・ダントン、ロナルド・テケナー、ジェニファー・ティロンを中心とする自由商人集団に属していた男。銀河系という宇宙の舞台で、あらたな犠牲者が出たのだった。

太陽系に向けたペリー・ローダンの進撃も失敗に終わった。〝テラのホールにいる悪魔〟が棲むという地球にも、《オーディン》は到達できないままだった。

疑問や謎は山のようにあった。

ローダンはずっと以前から目標をふたつにわけていた。ひとつはゲシールを見つけるか、彼女の運命について事実を確かめること。それは私的な目標だったが、公けと切り離しては考えられなかった。

公けとは、銀河系の全種族のことだ。そこでは銀河系から助けを求める無言の叫びが響きわたっていた。

私的な目標については、かれは一歩も前進していない。ゲシールは消息不明のままで、いまだ音信不通だ。以前モトの真珠のなかに見つかったエルンスト・エラートのメッセージはあるが、状況に変化はない。

カンタロとの戦いでは多くの目標を達成したが、《ナルヴェンネ》の喪失やペルセウス・ブラックホールでの戦いに破れたことなど、逃した目標もある。なかでもレジスタンス闘士の小グループが敗北したことは特に痛かった。

ペリー・ローダンの思考はまたしても飛躍し、ゴリング＝マート星系での宇宙戦に戻った。アノリーが《ヤルカンドゥ》で介入しなかったら、結果はどうなっていたかわからない。

ジュリアン・ティフラーが連れてきたアノリーは友だった。ローダンはまだかれらを同盟者とは呼べなかった。かれらはいわばカンタロの祖だ。かれらはあの堕落した分派がなにをしでかしたのか、まだ信じられないでいた。

だが、今はもう自分たちが誤っていたと悟っている。ゴリング＝マート星系ではかれらが攻撃してくれたから助かった。だが双方にとって、あるいはアノリーが独立した存在だとするなら三者それぞれにとって、この勝利は無価値かもしれない。

カンタロはシスタにあったほんの五、六隻の宇宙船をいったいどうやって見つけたのだろう？　この重要な疑問に対する答えを、ペリー・ローダンはいくつか数え上げた。

おなじみの敵モノスがローダンと仲間を追跡したか、居場所を突きとめたと考えられる正当な根拠がある。

おそらくモノスはだれかを追いかける必要などなかったのだ。生け贄《いにえ》の居場所を知っていたという証拠は充分だ。ローダンが釣り針にかかった魚のようにもがきながら死の一撃を待っている生け贄のひとりであるという証拠も。

仲間内に裏切り者がいることも否定できない。あるいは、人間になりすまして敵方のために働くドロイドか。

ローダンはあくまでモノスを敵だと主張したが、それさえ真実であるとはかぎらない。さらに〝ロードの支配者〟もいる。これはモノスのことかもしれないし、ちがうかもしれない。

シスタの基地が発見された、まったく別の原因もあった。アノリーだ。より正確にいうと、かれらの平和スピーカーだ。

アノリー！　ローダンの思考はデグルウム、ガヴヴァル、そしてシルバアトに戻った。三名のスリムなヒューマノイドは、この四週間、非常に活発に動いていた。

そしてすべては、シルバアトが半月船《ヤルカンドゥ》を守ってシスタの周回軌道上にいたときに、デグルウムとガヴヴァルに乞われて《オーディン》船内でおこなった話し合いから始まっている。

ペリー・ローダンは、そのとき抱いた疑念を思い出した。

＊

「無礼を承知でいうが、あなたがたは自分でもそんなこと信じていないだろう！」

ペリー・ローダンは、たったいまカンタロについて聞いた話に抱いた感情を、端的に口にした。ローダンの隣りには、親しい友と戦友がすわっている。かれらはローダンに、ふたりのアノリーとの話し合いを主導してもらうことにしたのだった。

デグルウムと連れの女アノリーのガヴヴァルは落ち着きはらっている。

「もう一度説明させてください」と、アノリーの男のほうが頼んだ。「カンタロについては、ジュリアン・ティフラーやその仲間から多くのことを聞き及んでいる。それだけではない。あなたもあなたの連れもそのことを確認してくれました。それゆえ、残虐行為についてのあなたの報告は真実かもしれない。それでも、カンタロに関するわれわれの判断と評価は変わらないのです」

「そのとおりです」と、もうひとりのアノリーが口をはさんだ。「しかし、たとえカンタロが残忍な行為を犯したとしても、その犯罪がかれらの精神から生じたはずはないのです。なんといっても、かれらはわたしたちの種族から生まれたのですから。かれらに残忍なことはできないのです」

「未知の者たちに悪用されているのだから、かれらに罪はないといいたいのかな？」ローダンは考えこんだ。「責めを負うべきはモノスか、それとも〝ロードの支配者〟か？」

「わたしたちはモノスを知りません。だれが黒幕かというのはどうでもいいのです。大切なのは兄弟姉妹です。わたしたちはカンタロをそう呼んでいます」外見は人類に似た長身の異人ふたりはあくまで冷静だ。「わたしたちがいいたかったのは、まったくちがうことです」

「ドロイドは〝はぐれ者〟あるいは〝変人〟かもしれません」こんどはガヴヴァルが話を続けた。「うっかり誘いに乗ったということも考えられます。いずれにせよ、カンタロは絶対にあなたがたの故郷銀河の支配者ではありません。かれらに支配者は務まりません。あなたがそうだと考えるなら、大きな間違いです」

「われわれの考えとそれほどかけ離れてはいないようだ。カンタロの背後や上位にそういう権力があることは否定しない。それどころか今は確信している。その存在は間接的に示されている。これ以上議論しても埒《らち》が明かないだろう。残った問題は、われわれになにができるのかということだ」

「その答えは比較的簡単に出せます」ガヴヴァルはこともなげにいった。「あなたはカンタロと理性的に話し合おうとしたことはありますか？　ありませんよね。あなたの仲て扱った。かれらがあなたがたと対立するのも無理はないのです」

ロ－ダンは反論した。

「それには同意しかねる。そんな想像をすることも、そのように方向転換することもできない。どうにかしてわたしが経験した、この三年間のわれわれの歴史を詳しく見てくれ。それとも、自由商人やヴィッダーが耐えてきたこの百年間のことでもいい」

「わたしたちはすべての情報を精査しました」と、デグルゥムが断言した。「わたしたちも、現在のカンタロとあなたがたの関係を責めるつもりはありません。もっとちがう展開になったかもしれないというだけです。今それを正すのは、わたしたちです」

「えっ、なんだと？　正す？」

「そうです。方法はあります。前線が膠着《こうちゃく》状態でもね。カンタロは、たとえ道を踏みはずしても無法者にはなれません。あなたがたにとってもかれらにとっても、解決への第一歩はカンタロに上手に語りかけ、その所業が誤りだと悟らせることです」

「へえ、そうなのか」ペリー・ローダンの声には嘲《あざけ》りが混じっていた。「そんなに簡単なことか！」

「わたしは簡単とはいっていません」デグルゥムは皮肉混じりの疑念にはとり合わなかった。「わたしはただ、これが正しい道への第一歩だといいたかっただけです」

「まあ、よかろう」ローダンはまったく納得していない。「ではこれからどうするんだ？　カンタロをひとりずつ招待して、コーヒーとケーキを食べながら、かれらがいかに悪ガキであるかを説明するのか……」

「私情をまじえないでいてくれるといいのですが」こんどはガヴヴァルの言葉に非難が混じった。「あなたやお仲間が連帯してカンタロに訴えかける手段を持たないことは、よくわかっています。それはわたしたちの任務です」

ペリー・ローダンは黙ってしまった。彼女の言葉を理解して自分の不機嫌をおさえこんだ。

「わたしたちは無為無策だったわけではありません」デグルウムが続けた。「数週間前から準備を進めていました。ですから今、この件についてお知らせしています。そのためにここにいるのであって、あなたがたとカンタロのモラルについて議論するためではありません。わたしたちは、道を誤った人たちに訴えかけることができる手段をもっています。そしてそれを、数日中に銀河系に配備することをご承知願いたい」

「いったいなんのことだ？」ローダンたちはもう驚きを隠そうともしない。

ガヴヴァルは確かめるようにデグルウムを見た。デグルウムがうなずき、ガヴヴァルが口を開いた。

「それは平和スピーカーです！」

3

おい！　カンタロ！　きみたちが血に飢えた支配欲の強い怪物だと、みんないっている。銀河系の全種族をテロで弾圧し、気に入らないものは抹殺し、邪悪な遺伝実験をおこなっていると。

われわれアノリーは、そうではないことを知っている。きみたちは科学実験への衝動をおさえられないだけで、ほかに理由はない。けれども、きみたちが正義の道をはずれたことも知っている。一線を越え、現実を見失ったんだ。

われわれは、きみたちを助けたい。支援を強制するわけじゃない。どうするか決めるのは、きみたちの自由だ。ただわれわれは、きみたち自身のことや創り出されたこの状況について、自分たちで批判して評価するよう、きみたちの背中を押したいんだ。

真の助けが必要なら、われわれの手をとってほしい。真の助けが必要なら、われわれが送る映像を信じてほしい。真の助けが必要なら、われわれの言葉を信じてほしい。

それを望まないなら、きみたちは嘘つきのペテン師にしたがい続けることになる。きみたちを自分の目的のために利用し、きみたちを誘惑して真理と美徳の道から遠ざける者たちに。

さあ、わたしたちの手はここだ！　たった三名、手は六つしかない。けれども故郷にはたくさんの手がきみたちを待っている。きみたちが名誉の輪に戻る一歩を踏み出すのを待っているんだ。


（平和スピーカーの文言より）

＊

つまりそういうことだった。ペリー・ローダンはアノリーが口にした一字一句を、そして自分が唖然としたことも、思い出した。

平和スピーカー！　このひとことが、かれの驚きを呼び覚ました。そして驚いたのはかれだけではなかった。

ローダンはもう一杯飲み物を持ってくると、この四週間のことを反芻《はんすう》し、最後にはカンタロがシスタを攻撃せざるをえなかったと確信した。カンタロあるいはモノス？　それとも〝ロードの支配者〟？　今のところこの疑問の優先順位は低い。

いや、どうだろう？

平和スピーカーが活発になったことで、敵が、それがだれであれ、行動を起こしたにちがいない。

敵にしてみれば、おとなしく引っこんではいられない。この点から見ても、シスタへの攻撃は未知の敵に無理強いされた結果だった。ローダンがどこにいようと、敵はそうするしかなかったにちがいない。

デグルウムとガヴヴァルとの重要な話し合いを除いて、シスタが攻撃される前の三十日間になにがあった？　地下基地の拡張だけだ。

アノリーは自分たちの道を進んでいた。ペリー・ローダンもこれらの事実を記憶から呼び戻した。その重要性は増しているように思えた。

三名のアノリー！

ローダンの思考は、ふたたびゴリング＝マート星系で起こった最近の出来事ごとに戻った。

＊

デグルウム、ガヴヴァル、シルバアトは、自分たちが最初から平和スピーカーの準備をしていると、何度となく説明してきた。はじめはジュリアン・ティフラーとかれの小部隊にはじめて出会ったときだった。そして、三名のアノリーがティフラーとともに《ヤルカンドゥ》に乗り、ブラック・スターロードを通って局部銀河群に行くと決めたときから今日までに。

ペリー・ローダンは、かれらがまるで先を見通していたようで、少し気味悪く感じた。カンタロの話はティフラーから聞いていたという。だがその内容を、このいまわしい行為の現場で今、かれらは否定し歪曲した。カンタロの行動に疑問を抱きながらも、カンタロに反対して、あるいはカンタロのために、なにをしようというのだ？

この行動は完全には説明できなかった。

一一四五年九月九日、シスタに《ヤルカンドゥ》からふたたび報告があった。

「近いうちに始めたいと思います」デグルウムがはっきり告げた。「平和スピーカーを設置します。その前にあなたの同意が必要です。それがすんだらそちらへ戻ります」

ペリー・ローダンはこうなるとわかっていたので、あっさり同意した。アノリーに命令はできないのだから、拒否しても意味がない。

平和スピーカーが設置されればシスタへの攻撃は早まり、近いうちに基地を放棄しなければならなくなる。とはいえ、この星もさほど安全ではないし、敵はとっくに自分の居場所を知っている。

「六日か七日後にはみなさんと合流できると思います」と、デグルウムは続けた。「知りたい場合もあるかと思い、平和スピーカーの詳細をこちらの船載コンピュータから《オーディン》のシントロニクスへ送信します。ごきげんよう。これでしばらくお別れです」

ペリー・ローダンには、それを受け入れる以外の選択肢はなかった。

《ヤルカンドゥ》は加速し、《オーディン》のシントロニクスは平和スピーカーについて新情報を得たと報告してきた。ローダンはそのデータを全員に伝え、自船の司令室で映像を見て音声に耳を傾けた。

平和スピーカーはいわば小規模のハイパー通信網だ。データを見れば見るほど、ローダンは憂鬱になった。実際のところ、失望しかない。平和スピーカーは実験的、あるいは観測気球的なもので、それ以上でも以下でもなかった。

ネットワークそのものは、中央ステーション、一種のマスター送信機、制御装置、そしてもとは中継器だった衛星十二基で構成されていた。これら子機が実際の情報送信機であり、映像と音声でニュースを発信する。

アノリーは、平和スピーカーがすぐに利用できる平凡な技術で急場しのぎに作られた、いわば実験装置にすぎないことをかくさなかった。

ハイパー通信送信機を備えた十二基の衛星は、これから決定される宙域に球状に配置されるはずだ。直径四千光年の球の中心点には中央ユニットを設置するという。各送信機の到達距離は二千光年。放出エネルギーは等方性を備えているが、優先方向や指向性ビーム特性はない。

平和スピーカーの到達範囲は、全体の直径が八千光年の球状空間だ。

ペリー・ローダンはこの数字を見て考えこんだ。銀河系の総容積に対する送信機十二基の到達範囲は、有人惑星の半分にも満たないからだ。平和スピーカーは短期間でさほど多くのカンタロには届かないにちがいない。

それに、平和スピーカーは襲撃者から特に保護されてもいない。危険が迫ったときや宇宙船が接近してきた場合、中央ユニットはスレーブ送信機を個別に遮断し、あとでもう一度接続することはできた。システム全体の技術的構成要素には、対応するセンサーとフィードバック装置もあった。これら追加装置と遮断機能によって発見されるリスクは多少低減されるだろうが、なくなるわけではない。

かぎられた期間しか平和スピーカーが機能しないことは、最初から決まっていた。アノリーが提供したデータを分析してそう結論づけたのはテラナーだけではない。デグルウムが略図内に同じことを説明していた。かれらはハイパー通信網がおよそ三カ月機能すると予想していた。その後、デグルウムがいうところの〝異人勢力〟に排除されるだろうが、その期間に平和スピーカーが一定の効果を上げることが想定されていた。

ローダンは最初、その耐用寿命が信じられなかった。そんなに長くもたせるのはむずかしい。こんな愚にもつかないちっぽけなハイパー通信網など、カンタロやその黒幕がいとも簡単に追跡し、破壊するだろう。

だがこの点を考えていくうちに、ローダンは平和スピーカーを狭い宙域に限定する利点に気づいた。これなら早期に発見されるのを防げる。そしてシステムが本当にうまく機能したら、メッセージを受けとってもカンタロがすぐに主人を裏切ることはないだろう。

ローダンは放送の効果を判断しかねた。アノリーのメンタリティは、カンタロと同様、ここでも決定的な役割を果たした。つまり、ただ待っていればよかったのだ。かれらの〝父〟であるアノリーからのメッセージでドロイドたちを正気に戻すというアイデアは魅力的だった。ローダンはさほど期待していなかったが、平和スピーカーがカンタロたちの動揺を引き起こせば、目的は果たされたようなものだ。

複雑な全体像を一刀両断で評価はできない。ローダンはそれだけは確信していた。

〝平和スピーカー〟作戦全体をどう評価すべきなのか、見当もつかない。だが、カンタロを操るモノスがこの作戦を見過ごすはずはない。通信網を破壊し、三名のアノリー追跡に邁進《まいしん》するだろう。敵にはデグルウム、ガヴヴァル、シルバアトがローダンに協力していることは自明にちがいない。これでシスタは大きな危険にさらされる。

だが、ただ待つしかないのだ。

*

《ヤルカンドゥ》は、予定していた九月十日にも十一日にも帰還しなかった。そのかわり、ペリー・ローダンはアノリーが設置したリレー・ステーションを通じて短い暗号化メッセージを受けとった。送信者はデグルウムだ。平和スピーカーに適した位置探しは、当初の予想を超える時間を要していた。

返答する技術手段がない上に《ヤルカンドゥ》の所在も不明だったため、テラナーと仲間たちはどうすることもできなかった。引き続きカムフラージュに腐心し、シスタの基地を防護し、三名のアノリーの消息を待った。この数日間で宇宙船を地下に隠したほか、六つの探知ゾンデのネットワークを構築した。

九月二十二日、アノリーの消息がわかった。半月型の宇宙船が無傷でゴリング＝マート星系に帰還したのだ。ペリー・ローダンはただちにデグルウムとガヴヴァルに面会した。

「平和スピーカーの設置が終わりました」アノリーのひとりが満足げに報告した。「スピーカーは本日作動を開始しました。ここから二万光年近く離れている上に送信機の制御範囲はおよそ二千光年あり、現地でなにが起こっているか、散発的にしか観測できません。けれどもそれで充分です」

「散発的とは？」と、ローダンが訊き返した。「この送信出力と距離では、聞くことも見ることも無理だが」

「いいえ、ちがいます」と、ガヴヴァルが反論した。「十二日前の報告に使ったリレー・ステーションを平和スピーカーに調整してあります。このステーションは散発的に、毎日およそ十分間だけ不規則作動するので、発見されることはありません。これにより、すくなくとも平和スピーカーがまだ作動しているかどうかはわかります。そのメッセージの断片を見聞きすれば、どのように機能しているか、おおよその見当はつけられます」

「二万光年とは？」ローダンはさらに訊いた。「いったいどこにネットワークを構築したのだ？　われわれは太陽系から四千三百光年離れている。あなたがたの説明では、送信機の受信範囲内にはないということか」

「そのとおりです」と、デグルウムはうなずいた。「これが銀河系の中心付近にあるグリーンの星の座標です。ここに平和スピーカーの中央ユニットを設置しました」

ローダンが《オーディン》の主シントロニクスに接続された読みとり機にそのデータ・フォリオを挿入すると、すぐに評価がおこなわれた。

「これは恒星グレーノルです」と、シントロニクスが報告した。「中心角の辺縁ゾーン、テラから銀河系中心方向を見て一万九千二百四十五光年先にあります。この星系の第二惑星はモルクと呼ばれ、旧暦の二〇四四年に分子変形能力者を追跡するさいに一定の役割を果たしました」

「なぜこの場所を選んだのだ？」ペリー・ローダンは理由を知りたがった。

「観測によると、ここにはカンタロ船がたびたびあらわれています。送信機の探知範囲内には、オントリー・メロンズス星系にある人口密度の高い惑星ロルフスなどの有人惑星もあり、かなり重要といえるでしょう。また、平和スピーカーで全面的な心理攻撃をおこなう意図はないのです。そんなことをすればこの計画は即座に失敗とみなされるでしょうから。あたらしい知的情報は慎重に伝え、浸透させせなければなりませんし、平和スピーカーの寿命ものびます」

その後の数日間、ペリー・ローダンは平和スピーカーから送られるプログラムを見ていた。その文言や映像には納得がいかなかったが、だからといってアノリーの善意を否定はしなかった。ストーリー全体があまりにも具体性に欠けていたからだ。このプログラムへの反応を知るすべもない。ただ、このメッセージがすくなくともカンタロたちに動揺を引き起こすという希望は残った。

平和スピーカーが作動してからというもの、テラナーはシスタへの攻撃が近づいているのではという疑いを強めていった。

一一四五年十月一日、ゾンデから送られた最初のふたつのハイパー通信インパルスが警報を発したとき、この疑いは現実のものとなった。

三隻の宇宙船《オーディン》、《シマロン》、《ヤルカンドゥ》は通常空間に戻った。探知機はすぐに三つの小さなエコーを検出し、《バルバロッサ》、《カシオペア》、《ペルセウス》を特定した。

もよりの恒星は二光年以上離れており、周囲の宇宙空間にほかのエコーはなかった。ペリー・ローダンは《オーディン》の司令室に戻り、数秒で六隻すべてと通信を確立した。テラナーは今後のプランを冷静に考えていた。それはアルゴスの目計画の一部でもあったが、なによりふたつのことをはっきりさせたかった。

つまり、自分とその居場所をつねに知っていると思われる敵の能力と、モトの真珠にかくされている秘密だ。

ゴリング＝マート星系での戦いについて簡単な意見交換をしたのち、《バルバロッサ》、《カシオペア》、《ペルセウス》は去っていった。短くあっさりした別れの挨拶を残して。

三隻の宇宙船はヴィッダーのあらたな本部基地、ペルセウス宙域セリフォス星系にある惑星ヘレイオスに向かう予定だった。ホーマー・G・アダムスに報告をおこない、さしあたり援軍として現地にとどまるのが任務だ。

ローダンは、カンタロが遅かれ早かれヘレイオスも攻撃するだろうと考えていた。《オーディン》と《シマロン》は、アルゴスの目計画にしたがってシスタから一万三千九百光年離れたカネラ星系へ行くことになっていた。これには特別な理由があった。恒星カネラの第四惑星であるバイドラは、銀河ウエストサイドで恒星間交通と交易の要衝だった。

カンタロの影響で銀河系の大部分は宇宙船の往来が途絶えたも同然だったが、ドロイドたちの行動はどうにも一貫していなかったため、宇宙船の航行が活発な宙域も残っていた。カネラ星系とその周辺もそのひとつだ。ゴリング＝マート星系での戦いのあとに身を潜め、あらたな計画を立てて別の目的地に移動するには、ローダンにとって理想的な場所だった。

恒星カネラは、有名なエピィラ＝ファロ星系からわずか七十三光年の距離にあった。その惑星ハイチャパンは、旧暦三四三八年にロワ・ダントンの当時の自由航行者によって発見されていた。

「さしあたり目立つことはしたくない」ペリー・ローダンは友たちに告げた。「カネラ星系はわれわれにとって中間拠点になるだろう。そこから少人数で別の目的地へ出発するつもりだが、事情があって詳しいことはまだなにもいえない。《シマロン》と《オーディン》が交易惑星バイドラに到着したら、われわれは恒星の対探知システム内にかくれる。そこから次の作戦を開始する」

「それはあなたの二隻の宇宙船の話ですね」とデグルウム。「われわれといっしょの計画はないのでしょうか？」

「まったくない」ローダンは深く息を吸った。「わたしはあなたがたになにも命令できないし、命令するつもりもない。だがこの旅にもその後の作戦行動にも、あなたがたを大いに歓迎する」

「それはよかった」アノリーの言葉は誠実に聞こえた。「わたしたちは銀河系の状況をもっと深く理解したいと強く思っています。異論がなければ、わたしたちと《ヤルカンドゥ》をどうぞ自由に使ってください」

こうして、異なるふたつの生物を隔てる最後の壁が消えた。アノリーは忠誠を誓うともに、カンタロの間違った行動を解明する意思を強調した。

「これでわれわれは三隻だ」テラナーは満足げだ。「カネラへ向けてただちに出発する。ただし、太陽系のある宙域は迂回する。不必要なリスクは冒したくないからね」

今回もシントロニクス間で飛行データが調整され、飛行行程が決定された。こうして三隻の宇宙船はスタートした。

二日後、《オーディン》副長で首席操縦士のノーマン・グラスは、カネラに向かう最後の区間で司令室に入ってきた未知の人物にとまどった。グラスの隣りの、副操縦士のシートにすわっているネズミ＝ビーバーのグッキーがくすっと笑ったが、骨太の操縦士にはなんのヒントにもならなかった。

「この船の乗員はすべて知っているつもりだが、いったいだれだ？」ノーマン・グラスは冷静にたずねた。

「フレゴル・テム・ミルだ」新来の人物は少ししわがれた声で自己紹介した。「わたしのことを聞いたことはないか？　おかしいな、美術商としていたるところで有名なんだが」

「スプリンガーか」操縦士はそういうと、かれの広い肩と赤さび色の髭《ひげ》、それとは対照的な白髪をじろじろ見た。「あるいは祖先にスプリンガーがいるとか。どうして乗船することになったんだ？　中央シントロニクスは登録ずみか？」

グッキーがまた笑ったが、グラスはいらだっていたので無視した。

よそ者は、色鮮やかにきらめく石で飾られた豪華なケープをまとっている。長靴は磨いた鏡のように輝いていて、とんでもなく裕福な印象を与えていた。

「シントロニクスはわたしを登録したよ」フレゴル・テム・ミルがそう地声で話すと、グラスは驚いた。

「ペリー・ローダン！」

「ぼかあすぐに気づいたよ」とグッキー。「それに、あたらしい冒険がもうすぐだからね。心臓がドキドキするよ。だって何週間も身体を動かしていなかったからさ、運動が必要なんだ」

「そうあわてるな！」フレゴル・テム・ミル、いや、ペリー・ローダンが、やる気満々のネズミ＝ビーバーをいさめた。

信号音が鳴った。ノーマン・グラスは自分の仕事に集中した。最後のハイパー空間飛行行程が終わったのだ。《オーディン》はアインシュタイン空間に戻った。

現在三隻ともフル回転していた。不用意に見つからないよう、迅速かつ着実に対応しなければならない。

カネラまではあと十光分というところだ。この距離は《シマロン》が正確に決めていた。最終的な飛行区間のベースとなるからだ。三隻の宇宙船は、四つの惑星を持つその恒星にできるだけ接近したかった。《シマロン》もカネラの外層を詳しく分析しようとしたが、時間が不足していた。

相談の上《オーディン》が短距離と長距離の探知をおこない、アノリーは結論が導き出せそうな通信トラフィックを担当した。

カネラ星系周辺は静かだった。計画変更を余儀なくされるような特段の異常はない。ハイパー空間を離れて六十秒後、最後の区間で恒星カネラのすぐ近くまで行けることが判明した。

目的地に到着すると防御バリアが作動した。星への接近時に考えられるリスクを回避するためだが、そのような予防措置は不要だとわかった。

宇宙船はそれぞれ強固な対探知システムに守られ、恒星コロナに早く到達できるよう単独行動をとった。相互に連絡をとりながら、この作戦は無事進行した。

最終段階は二分弱で終わり、乗員の安全は確保された。その直後、残してきた小型ゾンデから知らせがあり、外部からの反応はないという。悲観的な予想に反してカネラ星系への接近と侵入は問題なく成功した。

ペリー・ローダンも大満足だった。

次は別の、やっかいな仕事が待ち受けていた。こんどの任務には連れていかないことを、グッキーが傷つかないようやさしく説明しなければならないのだ。

4

カンタロ！　この言葉が聞こえるだろう。三名の救い手の映像が見えるだろう。われわれの名前はデグルウム、ガヴヴァルそしてシルバアトだ。

きみたちが望むなら、われわれは救い手になろう。

もしも邪悪な狂気にしたがい続けるなら、きみたちはこれからも破壊を続けていくしかない。

まずは、父の使いである平和スピーカーの排除だ。きみたちには造作もないだろう。平和スピーカーの情報源は、きみたちと同じ祖先を持つ兄弟姉妹の特製だ。平和スピーカーを破壊せよ！　それは真実を告げるものだ。きみたちにそれは使えない。おのれを知ろうなどとおこがましい！　平和スピーカーを守るな！　それができないなら、支配者たちにありかを知らせてやめさせろ。

きみたちはシントロン生体にコントロールされた頭脳で、祖先アノリーのいうことは間違いだと考える。知的生命体を抑圧し、姿を見せない支配者に盲従する道を、わき目もふらずに歩み続けるがいい。

救い手がきみたちにいう。

考えるな。あるいは考えろ。

指揮官に情報を伝えよ。あるいは平和スピーカーを手に入れろ。

なにも考えるな、カンタロ。あるいはつながりのある兄弟姉妹のことを考えろ。

他人を破滅させる者は、自分自身も破滅させる！

第二の祖先のこの言葉を覚えているか？

きみたちにコンタクトしたがっているアノリーの愛を感じるだろうか？　だが、きみたちが協力してくれなければ、きみたちに連絡することはできない。

われわれを助けてくれ！　そしてきみたち自身のことも助けるんだ！

（平和スピーカーの文言より）

＊

ペリー・ローダンはラランド・ミシュコムに、アノリーをスペース＝ジェットＣＩＭ＝２に乗せて《ヤルカンドゥ》から《オーディン》へ運ぶよう頼んだ。ＣＩＭ＝２は、《オーディン》と《シマロン》に搭載されていた資材を使い、シスタで五週間かけてあらたに建造されていた。

かれらの移動中に、ローダンはこれから実行する計画について親しい友に説明した。

「まず、指揮系統を編成する。すでにアンブッシュ・サトーとラランド・ミシュコムは同行すると決めた。これに三名のアノリーが加わる。以上だ」

「じゃあ、ぼくは？」と、イルトが訊いた。「ぼくには運動が必要だっていっといたのに。休めば身体にさびがつく、っていうだろ。これからやろうとしているのは、ただのお散歩じゃないよね。絶対ぼくが必要になるよ」

「きみを連れては行けない」と、フレゴル・テム・ミルのマスクを着けたローダンがいい聞かせた。「わかってほしい。わたしの本当の目的地はバイドラではない。真の目的地の情報は、《オーディン》と《シマロン》のシントロニクスにある。このふたつのシントロニクスは、必要であれば上層部のだれもが使えるようにする」

「機密情報にするんだね」グッキーはふくれっ面をした。

「そのとおりだ。目的地へどう行けばいいのかまだ正確にはわからない、ちょっとやっかいなルートで行くことになるだろう。宇宙船も搭載艇を使わずにね。バイドラまでは搭載艇で行く。だがそこまでだ。そのあとは自力でルートを探す。バイドラを出たあとは約一万二千光年進まなければならない」

「そう決めたんならしかたないね」ネズミ＝ビーバーは不満たらたらだ。「でも、この話の全体像を理解しているやつはひとりもいないよ」

「聞いてくれ」ペリー・ローダンは自分の髭を軽くつまんだ。「モノスと呼んでいる敵が、いつもわたしの居場所を詳細に把握していることは知っているね。サトーは、特殊な方法でわたしと細胞活性装置を遮蔽《しゃへい》しようとした。わたしは今もそれを装着しているけれど、効果があるとは思えない。効果がない証拠を手にしたのはつい最近だ。だから、ひとり離れて自分の道を行くことが、みんなのためなんだ。でもわたしが単独に近い行動をとる真の理由はそれじゃない。このマスクには、《オーディン》や《シマロン》という慣れ親しんだ環境から自分を切り離す役目がある。目的地を秘密にするのも同じ理由だ。敵がそれでもわたしのシュプールをたどれるか、試してみようと思う」

「でも、防護手段としてはきわめて原始的です」とノーマン・グラス。

「わざとそうしたんだ」とローダン。「サトーの高度な技術手段は失敗したからね。こんどは単純な方法を試してみるよ」

「よくわかったよ」グッキーは納得したようにうなずいた。「でも、どうしてぼくを連れていかないのか、ちゃんと説明して」

「モノスの手先は今もわたしを追っていると思う。この単純な防護対策が効果を発揮すれば、モノスはわたしの捜索にますます力を入れるだろう。だからマスクで偽装する。その状態で、ネズミ＝ビーバーのようなユニークな生き物がいっしょにいるのはまずい。

外見だけで目立ちすぎるんだ。それに、万が一の緊急事態にはきみが必要だ」

「おだてたってだめだからね」とイルト。「でも気にしないで、そういうことならここに残るよ」

しばらくして、ラランド・ミシュコムが三名のアノリーを連れてやってきた。デグルウム、ガヴヴァル、シルバアトはすでにペリー・ローダンの計画を知らされていた。一時的にせよアノリーに宇宙船を放棄させるには、事前説明が必要だったのだ。あたらしい三名の友が躊躇《ちゅうちょ》なく同意したので、ローダンは意外だった。

それから数時間は準備作業で過ぎていった。特にモトの真珠とそのデータにアクセスして読みとるための、あらゆる装置を厳重に収納する作業もあった。さまざまな安全システムを装備した四つの重いコンテナが使用されたが、装置とモトの真珠に必要なスペースはほんの一部で、大半はローダンが収集した珍しい交易品や美術品だった。それはもちろん、恒星間美術商フレゴル・テム・ミルになりすますための道具にすぎない。四つのコンテナにはもうひとつ、重要なものが入っていた。特殊な小型転送機だ。四分割のうえ、コンテナの底にかくして運ばれた。底部と錠は、エネルギーロックで特に厳重に守られていた。

小型転送機の特長は、対探知システムだ。転送機の位置が探知されやすいことは以前から問題だった。送り出し・受け入れプロセスで短時間に大量のエネルギーが消費され、特徴的な散乱パルスが生じるからだ。しかも遠くからでも測定できてしまう。

ペリー・ローダンたちが不本意にも停滞フィールドで〝眠っていた〟この七百年間に、転送機対探知技術は大きく進歩していた。抵抗組織ヴィッダーの技術者や科学者もその改良・進化にひと役買っており、現在この革新技術は《オーディン》でも利用できた。

技術の進歩により格段に低いエネルギー発生量で作動可能な転送機が設計できるようになり、散乱放射は大幅に減少した。

改善されたのはこの部分だけではない。抜本的な進歩は、時間プロセスをナノ秒単位まで短縮することにあった。エネルギー投入量は約十分の一に減少したが、時間投入量は千倍以上に増加した。その結果、不都合な散乱パルスは極度に弱まった。

だが残留パルスはある。そこで、秘密の監視者が検知できないよう、付属装置としてデフォルメーターが開発された。この微小装置は最新式の転送機にはかならずとりつけられている。これは転送直前、エネルギー発生中、そして転送直後に特殊な変調を生じさせ、散乱パルスを無作為に変化させて偽装する。そのため、転送機による転送を特定するには技術的に膨大な作業が必要となった。

この装置で保護された転送機は、発生源の異なる散乱パルスの錯綜する環境で動作している場合、実際に検知はされずに動作を継続できる。

四つのコンテナは、ペリー・ローダンがスプリンガーの出身地にちなんでアルヘッツとティトンと名づけた二体のロボットによって運ばれた。アルヘツはスプリンガーのルスマ星系にある主惑星で、ティトンはこの惑星の地下にある首都だった。その名称や用語は銀河系全域の多くの生物に知られていた。

アルヘツとティトンには武器や防御システムのような特別な機能はなかった。そんなものがあれば目立ってしまうからだ。そのかわり、高性能シントロニクスと化学ラボが備えられていた。

カネラ星系に到着してから八時間後、《シマロン》の二隻のスペース＝ジェット搭載艇、CM＝1とCM＝2に必要品をすべて積みこみ、出発準備が整った。バイドラでこの小さな円盤艇が目立つことはまずないだろう。

ペリー・ローダン、アンブッシュ・サトー、シルバアトとロボットのティトンが一方の搭載艇に、ラランド・ミシュコム、デグルウム、ガヴヴァルとアルヘツがもう一方に乗りこんだ。

《ヤルカンドゥ》は現在無人だ。デグルウムは自船の船載シントロニクスを《オーディン》に接続し、ローダンの旗艦が半月船をシンクロン制御できるようにした。三隻の宇宙船は、次の命令があるまで当分のあいだ恒星カネラの対探知システム保護圏内にとどまることになった。

一一四五年十月五日、二隻のスペース＝ジェットは、恒星カネラのコロナから惑星バイドラとは反対方向にスタートした。たとえ監視者がいたとしても、はるか遠方から飛来した二隻の小型宇宙船がカネラ星系外に物質化したと判断されるよう、ランダムに選んだ地点へ瞬時に出発した。

そこから、フレゴル・テム・ミルとその仲間はいっさいの保護措置なしに堂々と、交通と交易の惑星バイドラへ向かって飛んでいった。スプリンガーを祖先に持つ美術商は、バイドラトゥーン＝サウスとの通信で自己紹介し、二隻の小さな円盤艇の名前をＭＩＬ＝１、ＭＩＬ＝２と告げた。

なんの問題もなく、むずかしい手続きもなしに着陸許可が得られた。

＊

その諜報員は自分の本名を忘れていた。もっと正確にいえば、だれかが手配して本名を思い出せないようにしたのだった。

かれに個人名は不要だった。特殊な状況で任務遂行に必要になったときはどうすればいいか、指示してくれるプログラムをいくつも備えていた。その合成シントロン・データはかれの生体に統合されたマイクロモジュールで、簡単には検知されない。

その日、名なしの諜報員はインパルスを受けとって警戒を強めた。送信者不明の指示に盲従し、自身の活動を強化して、支配者たちにとって危険な生物があらわれないか目を光らせた。

インパルスとともに具体的な情報も届いていた。そこにはかれが探すことになる二隻の宇宙船が記されていた。船の名前は《オーディン》と《シマロン》。さらに正確な人物説明もあったが、その名前はあげられていない。

諜報員は、この追加任務を与えられた者が自分のほかに千人以上いるらしいことは知っていた。自分が手柄を立てる可能性は低かった。二隻の宇宙船とおたずね者が、よりによってこのカネラ星系にあらわれるとは思えないからだ。

だが、そうだとしてもどうでもよかった。忠実に任務を果たすまでだ。バイドラに三個所ある宇宙港を監視しなければならない。まずは探している宇宙船について現地の連絡員にたずねることから始めた。さほど時間はかからなかったし、結果は予想どおりだった。《オーディン》も《シマロン》もバイドラには着陸していない。

だが諜報員は、その事実にあまり意味はないと判断した。宇宙船がちがう名称であらわれる可能性もある。そこで、この七日間に着陸した宇宙船をすべて詳細に確認することにした。宇宙港にいる自分の連絡員に、着陸した宇宙船のリストを送らせた。

残りの作業もさほど時間はかからなかった。この七日間にバイドラへやってきた宇宙船はわずか九隻だったからだ。一隻の寄港もない宇宙港もひとつあった。

仕事は夕方までかかった。諜報員は到着した宇宙船をすべて点検したが、そのどれもが、依頼人が説明する二隻の船とは似ても似つかないものだった。

かれは何度も通常点検をおこない、さまざまな技術手法で多数写真を撮り、何人かの新来者と話もした。宿舎に戻ると、画像データを処理して解析した。

最後の最後にみつけたものに、かれは疑念を抱いた。奥行きのある立体画像に、小型の円盤艇ＭＩＬ＝１と姉妹艇のＭＩＬ＝２の二隻をみつけた。それはけさバイドラに到着したばかりで、入口ハッチの横の銀色のメタルプレートの下にちがう名前がかくされていた。立体写真で不鮮明だったが、名前は完全に読みとれた。

ＣＩＭ＝１だ。

名前が変えられていることだけでも諜報員の注意を引いた。両船のＣＩＭという略号は、《シマロン》にぴったりだ。

これが有力な手がかりかどうかは不明だが、諜報員は追ってみることにした。二隻の小型宇宙船の持ち主を調べるのは簡単だった。それが判明した時点で、こちらに気づかれずに持ち主や関係者と接触するよう、だれかに指示する必要があった。かれ自身、容疑者たちに本当の姿を見せるつもりはない。

ほどなくして、諜報員は釣り糸を垂らした。

＊

バイドラの首都バイドラトゥーンには、あらゆる種族、商人、旅人が集まってくる。中心部のメインストリートには、自家用グライダーも含めて車輛の乗り入れは禁止されていた。徒歩で移動するか、地下搬送路を使うしかないが、保守管理が行き届いているようには見えなかった。

地上には家々が連なり、その用途は明瞭で、地区の建物の四分の三以上がホテル、商用オフィス、商店だった。残りは賭博場、怪しげな食堂、いかがわしい安酒場だ。ララランド・ミシュコム、ガヴヴァル、シルバアトは先発隊として宿泊するホテルを探しにきていた。ロボットのアルヘッツもいっしょだ。

美術商フレゴル・テム・ミルは、宇宙港のインフォメーションですすめられたホテルなどはなから信用していない。雇い主がどんなホテルなら満足するか、自分の部下ならよくわかっていると、大声で断言した。

《シマロン》副操縦士のラランド・ミシュコムは、友からはララと呼ばれており、いつも好んで薄汚れた格好をしていた。しかもみるからに太り過ぎで、スプリンガーかスプリンガーの縁者のように見える。いつもは垂らしている黒髪をまとめて流行のスプリンガースタイルにしていた。

彼女のブリーフケースは金色の縞《しま》模様で、雇い主の名前が刺繡されている。フレゴル・テム・ミル／美術商。

ふたりのアノリーはマスクを着けていなかった。そうでなくても充分にエキゾティックに見えたので、出身地は推測するしかない。それに、二メートルを超える上背とスリムな肉体をスプリンガーに似せるのはむずかしかった。

かれらは美術商の部下のアシスタント役だ。

先発隊は時間をかけて一巡し、〝マイバレック〟という名の豪華なホテルに決めた。これは古いバイドラ語で〝パラダイス〟を意味する。ラランド・ミシュコムと部下たちは成金趣味で自信たっぷりに見えた。そういう態度は、テラナーのほうがアノリーより得意だった。

「わたしのご主人さま、フレゴル・テム・ミル氏はご自身と随行者のためにワンフロアを必要とされています！　金に糸目はつけません！」と、大声で要求した。フロントではホテルの制服を着たブルー族ひとり、超重族ひとり、二体のロボットがいそがしそうにチェックイン客の対応にあたっていた。

ララはボーイたちを追いはらいながら、ほかの客たちの注意を自分と仲間に向けた。ふたことめには雇い主である美術商フレゴル・テム・ミルの名前を出した。

「申しわけありません、ただいまワンフロア全体のあき室はございません」ブルー族は丁重に断った。

「それならあけてちょうだい！」女テラナーはカウンターにどんとクレジットカードの

束を置いた。宇宙港で、驚くほどの金額をバイドラの通貨に両替してあった。ローダンはこのふるまいが噂で広まることを想定していた。

上品なスーツに身を包んだ背の高いプロポス人が女テラナーに近づいてきた。

「ハイタックと申します」その声はへりくだっている。「わたしはこのホテルにふたりいる支配人のひとりです。あなたさまの雇い主でおられるフレゴル・テム・ミルさまが到着されるという知らせが、たったいま届きました。お出迎えが少し遅れてしまったことをお詫び申しあげます。著名な美術商を当ホテルにお迎えすることは、マイバレックにとってこの上もない名誉です。ご希望どおりのフロアはあと数分でご利用いただけます。また、どんなご要望にもすぐにお応えするよう、従業員に申しつけてあります」

「もう、遅いわよ」ララは口をとがらした。

それからガヴヴァルに目配せした。

「もうチェックインできると、ご主人さまにお伝えして」

アノリーはうなずいて大急ぎで連絡した。この芝居を見破った者はいなかった。ローダンには通信リンクでとっくに知らせてあったからだ。アルヘツも、この状況で重要なことはすべて、詳細を受けとっていた。

ラランド・ミシュコムが騒動を演出して十二分に人目を引いたあとに、ペリー・ローダンはさらに過激に演出することにした。《オーディン》での控えめな印象はどこへやら、ここではあからさまで無作法にふるまっている。追跡者や偵察者がいたとしても混乱するだろう。

宇宙港でデグルウムに借りさせた大型グライダーで荷物と四つの重いコンテナを運ばせた。バイドラトゥーンの中心部へ車輛で飛行してはならないという現地スタッフの警告に、かれは耳を貸さなかった。

中心区域へ飛行中、グライダーは何度も通信連絡を受けた。フレゴル・テム・ミルは送信機のスイッチを入れ、引き返すよう求める当局の声を聞いていたが、それに応えはしない。そのかわり、運転しているティトンを大声でどなりつけた。

「応えるな！　フレゴル・テム・ミルの行く手をはばむことはできないんだ」

「高くつくかもしれませんよ、ご主人さま」と、デグルウムは嘆いた。

「金なんぞいくらになっても知ったことか」美術商は豪語した。「こんな貧乏くさい惑星に長居は無用だからな。当局が出発許可を早めてくれるなら、それに越したことはない。ここじゃ、割に合うビジネスはできそうにない。一目瞭然だ」

ティトンはグライダーをマイバレック・ホテル前の、ビルの谷間の道路へと進めた。グライダーが着陸すると、武器を携帯した制服姿の男たち数人がとり囲んだ。はっきりした身ぶりで三名の乗員とロボットにグライダーから降りるよう求めた。武装してはいるが、男たちに危険なようすは見受けられない。単なる治安係だろう。制服のひとりが大判の書類を振りかざし、罰金と即時執行についてなにか叫んでいる。

ペリー・ローダンはアンブッシュ・サトーに目配せした。

「遅くとも、もうわれわれに気づいているでしょうね」と、サトーは静かにいった。

「かれらがここにもいるなら、モノスの諜報員でしょう。これからは注意を怠らないでおきましょう」

決めておいた合図をサトーがティトンに送ると、ロボットの送信機から暗号化した短いパルスシーケンスが送られた。その信号は、バイドラトゥーン＝サウス宇宙港に置かれているCM＝1とCM＝2のシントロニクスにタイムラグなしで到達した。

ようやくフレゴル・テム・ミルはグライダーから降り立ち、超現実学者を指さした。

「わたしの部下が罰金を支払いますよ」そう制服の男に告げると、マイバレックの入口に進んだ。プロフォス人の支配人ハイタックが大急ぎで出迎えた。

かれは興奮したようすで宇宙港と管制センターをうつしだすふたつのスクリーンを指さした。

「宇宙港当局はこの映像をフレゴル・テム・ミルさまにお見せしたいそうです」と、大慌てで報告した。「あなたさまの宇宙船です」

驚いたことに、無人のはずの二隻の小型宇宙船MIL＝1とMIL＝2は、説明なしで簡単に告知すると、さっさと飛び立ってしまった。連絡や警告にもいっさい応じずに。

その航路は長くはたどれなかった。円盤艇はカネラ星系外のどこかで、いつのまにかハイパー空間に消えてしまったからだ。

フレゴル・テム・ミルはこの奇妙な出来ごとに悪態をつくと、それ以上なにもいわなかった。

数秒後、二隻のスペース＝ジェットがふたたびハイパー空間を離れ、恒星カネラのすぐ近くにあらわれたことに気づいた者はいなかった。そして二隻が《シマロン》に格納されたことも。

ペリー・ローダンが二隻のスペース＝ジェットとともに仲間に送った最後のメッセージは次のようなものだった。

「カネラの対探知システム内にとどまるように。四週間以内にアリネットを使って、きみたちがどこへ向かえばいいのかを知らせる。もしわたしから知らせがなければ、期限の四週間が経過してから惑星ヘレイオスに向けて各自出発すること！」

5

カンタロ！　われわれが決して休まないことを、きみたちは見て聞いているだろう！

きみたちが祖先の種族から生まれたことを知っているだろう。きみたちは、おのれの存在の一部が善意であることを知っているだろう。きみたちは、〝だれか〟がその善意を容赦なく利用していることを知っているだろう。カンタロの救い手であるわれわれは、それがだれだか知らない。

われわれは故郷からきた使者だ。きみたちの兄弟姉妹だ。遠い故郷から持ってきた平和スピーカーが、心の底から誠実な気持ちをきみたちに語りかける。

われわれの種族も変化をとげた。きみたちと外見がちがうことがなんだというのだ。われわれは同じ祖先を持っている。

われわれの映像を見てくれ！　われわれは、たった三名のアノリーだ。ガヴヴァル、シルバアト、そしてわたし、デグルウムだ。三名で平和スピーカーを作った。

われわれは単なる使者だ。故郷では、カンタロが悪行に導かれていることをまだれも知らない。自分自身でそれを自覚すれば、きみたちはそこから逃れられる。

（間）

わたしはガヴヴァルだ。

わたしの映像を見てくれ！　わたしを見るんだ！　わたしは今、平和スピーカーを通してきみたちに話している。われわれ、デグルウム、シルバアト、そしてわたしは、きみたちのためにだけここにいる。

われわれは共通の兄弟姉妹を見つけた……きみたちだ！　われわれは別の種族のジュリアン・ティフラーと知り合った。かれは、この場所に通じる道をわれわれに示してくれた。

きみたちは、それがどういうことかわかるか、カンタロ？

この正直で嘘いつわりのない言葉を、きみたちが聞くだけで充分。そしてわれわれは、たった三名のアノリー。三名はただの平和スピーカー。

きみたちは忠実な服従者、道に迷ったドロイドなのか？

にせの支配者にしたがうのか、それとも真の支配者にしたがうのか？

やるべきことをやるんだ、カンタロ！

平和スピーカーの意味をみきわめろ！

われわれが平和スピーカーを通じてきみたちにメッセージを送り、あらたな考えを呼び起こさせたのには、それ相応の理由がある。
きみたちは目を覚まさなければならない。

（平和スピーカーの文言より）

＊

アリネットは銀河系全体をカヴァーする、完璧に保護されたヴィッダーの通信ネットワークだ。これは古ラテン語で〝ヴィッダー（雄羊）〟を意味する〝ａｒｉｅｓ〟と古英語で〝網〟を意味する〝ｎｅｔ〟の合成語だ。

アリネットはコンピュータ制御のハイパー通信ステーションで構成され、そのほとんどが恒星間宇宙に設置されていた。

ヴィッダーの情報グループ、基地、レジスタンスのかくれ場は、ふだんは信頼のおけるフロント企業の背後にあった。この種の組織は通常、各惑星の通信ネットワークに接続されている。ヴィッダーもまた、アリネットのメッセージを送受信するために、こうした技術手段を利用していた。

もちろん、すべての通信はハイレベルで暗号化されている。極秘のキイと復号手順を持っていないかぎり、権限のない者は復号できない。

秘密送信には、惑星の送信機にメッセージの送信方式を伝えるデータヘッダが含まれていた。見かけは公式の受信者宛てのようだが、実際には、アリネット・ステーションがこれを受信し、特殊な手順で読めるようにした。

通信全体はパケットに分割され、さまざまな方向に散らばるステーションに送信された。内容のコード化には、輸送ルートから生じるものも加えられた。こうして個々のパケットは、受信者にもっとも近いステーションまで異なるルートを経由した。アリネット衛星はパケットを公式通信網経由で個別に供給し、受信者に送る。そこでコンピュータがすべての断片をつなぎ合わせてメッセージを完成させ、復号した。

このプロセスは全体で数時間かかることもあったが、安全性が高いという利点のほうが勝っていた。

現在、ペリー・ローダンはアリネットに直接アクセスできない。それもカムフラージュの一部だ。ロボットのアルヘッツとティトンは、さまざまな通信システムを使用できた。アリネットの終点としても機能できたが、ローダンはそれを非作動にさせた。敵と思われる相手を助けるようなことはしたくなかったのだ。いざというときには、最速といわないまでもロボット経由ですぐに仲間と連絡がとれた。

外見は非常にシンプルなこのメタル製ロボットは、エレクトロニック・シントロニック盗聴装置を駆使し、バイドラトゥーンで考えうるあらゆるメッセージを追跡していた。

さらに、秘密裡《り》にさまざまな通信ネットワークにも可能なかぎり接続していた。

到着した最初の夜には、宇宙港に届いた奇妙な問い合わせを一部傍受したとアルヘッツが報告していた。

バイドラに短時間しか滞在しなかった二隻の円盤艇MIL＝1とMIL＝2の所有者について、未知の人物から問い合わせがあった。そのような個人情報の提供は当地の法律で禁じられていたにもかかわらず、その人物は仲介人から必要な情報を受けとっていた。

この種の情報売買は、有象無象の商人や詐欺師が集まってくるバイドラでは珍しいことではない。

ところがこの未知の人物は、やりとりの最後にCIMという宇宙船についてたずねたのだった。訊かれた宇宙港職員はなにも知らなかったが。

この会話にぎょっとしたのはペリー・ローダンだけではない。こんな偶然はありえないからだ。関連は不明ながら、ローダンもアンブッシュ・サトーもだれかにあとをつけられているのはほぼ確実だった。

残念ながらアルヘッツは、だれがどこから問い合わせてきたのかは特定できず、ほどなくシュプールも見失った。

テラナーはラランド・ミシュコムに、アルヘッツを連れて宇宙港職員を訪ね、問い合わせの主がだれか訊いてくるよう命じた。

ともかく、だれかがえさに食いつき、感づいたのだ。どう考えても《シマロン》やスペース＝ジェットの名前が知られているとは思えない。

この未知の人物を特定するだけが問題ではない。今後はこの人物に用心しなければならない。同時に、少人数の集団でこれからどう作戦を進めていくのかも決めなければならなかった。

＊

最初の二日間はやや期待はずれだった。自称美術商のフレゴル・テム・ミルご一行は成金趣味の出で立ちから儲け仕事の匂いがプンプンしているのに、お近づきになろうという者はあらわれなかったからだ。派手にやりすぎたのかもしれない。

そこでペリー・ローダンは戦術を変えた。滞在三日めに、支配人ハイタックを呼びつけた。アンブッシュ・サトー、ラランド・ミシュコム、アノリーも同席させた。

「美術品をいくつか、安全なガラス陳列ケースに入れてホテルのバアに飾りたいと思う」と、ローダンはプロフォス人に要望した。「買ってくれそうな顧客を見つけるためにね」

ハイタックはのらりくらり、この面倒な仕事から逃れようとした。金満商人の要求は不愉快きわまりない。

「わたしどもはホテルでして、バザールではございませんので」と、いいにくそうに断った。

「ばかものめが」フレゴル・テム・ミルが雷を落とした。「そんなことは百も承知だ。ここで商売したいんじゃない。わたしはただ、貴重な品々にみなの目を向けさせたいだけなんだ。小さな展示会だが、ホテルの知名度は上がるだろう。それに、陳列ケースを用意してくれたら、それ相応の礼は支払うよ。金額はそちらで決めてくれ」

「お客さまの望みは、すべてかなえてみせましょう」卑屈な声でそういうと、プロフォス人はうってかわってはりきりだした。「ほかにもなにかご要望はございますか……」

「ないない、なにもない！」ローダンはハイタックを荒々しくさえぎり、ドアのほうを指さした。「もう出ていってくれ。一時間後にはわたしの使用人が展示品をガラスケースに入れる。安全だけには気をつけてくれ。なにしろ銀河系のはるかかなたから運んできた本物の芸術だからな」

「一時間ですか。それでは急がなければなりません」ハイタックは大急ぎで出ていった。

「美術品をガラスケースに入れる仕事はサトーとデグルウムに頼む」ハイタックがいなくなると、ペリー・ローダンが指示した。「異彩をはなつ作品を選んでくれ。大勢をおびき寄せられるようにね。そのなかにはガイアのサイコドも入れてほしい。本物ではないし美しくもないが、経験上こういうものこそ人を惹きつけるからね。作品にまつわる謎に満ちた伝説があるせいで。ララとガヴヴァルには別の仕事を頼むよ」

「ではさっさと説明してください!」《シマロン》の女副操縦士は待ちきれないようだ。

「われわれの本来の目的地とそこまでのルートのことだ」ローダンは待ちきれないようだ。ミルの声ではなく地声でいった。アンブッシュ・サトーはアルヘッツとティトンに手伝わせて盗聴器や監視装置がないか全居室を徹底的に捜索し終えており、それらしきものは見つからなかった。もちろんロボットたちは継続して装置を監視しているので、ここではよけいな心配なしに話せるのだった。

ガヴヴァルがなにかいい、しばらく間を置いてトランスレーターが直訳した。

「ようやく今、〝袋から猫を出すように〟かれは本心を明かしています」

「われわれにとってバイドラが単なる中継地であることはわかるね」とテラナー。「わたしの本当の目的地はコルピト星系だ。その旅もまた、少々変わったものになるはずだ。われわれの攪乱《かくらん》演技にモノスやその協力者がどう反応するかを知りたいからだ。われわれはこっそりバイドラを脱出することになる。だがそのためには、異人の宇宙船の乗客になるチャンスを見つけなければならない。このルートはララとガヴヴァルに探索してもらう」

「了解しました」とララ。「しかし、わたしはコルピト星系を知りません」

「だれだって、たまには星図を見ないといけないよ！」ローダンはフレゴル・テム・ミルの厳格な顔になった。「特にヴィッダーが提供してくれた星図をね」

「すぐに持ってきます」ラランド・ミシュコムはすなおに答えた。「考えてみてください。池のカエルも、おいしい食べ物がのっているスイレンの葉をすべて知っているわけではないのです。古いアフリカの格言では……」

「わかったよ」ペリー・ローダンがさえぎった。「古いアフリカの格言はもう充分だ。アフリカにスイレンはないからね。それに、われわれの友アノリーにはその格言らしき話はどっちみち理解できないよ」

「わたしはそうは思いません」ララが反論した。「〝袋から猫を出すように〟かれは本心を明かしています、と翻訳したのですから。かれらの言語にも比喩的なシンボルが使われています。まあいいでしょう。では、コルピト星系についてぜひ知っておくべきことはなんでしょう？」

「恒星コルピトはヤレドシュ星系から百光年あまり離れている。きみはレティクロンの歴史を勉強したばかりだから、この星のことは聞いたことがあるだろう。ここからの、つまりカネラ星系からの距離は約一万二千光年。目と鼻の先でないことは確かだ。われわれは銀河系中心方向に進まなければならない。正確なデータはコルピト星系関連の情報を持っているティトンに用意させせよう」

「それなら、わたしたちも平和スピーカーが稼働している宙域に近づいていることになりますね」デグルウムも満足げだ。「とても好都合です。その効果を知る機会が増えますから。なんらかのメッセージを直接受けとれるかもしれません」

「コルピトには十数個の惑星があり、そのすべてが形を変えてさまざまな民族によって植民地化されている」と、ローダンはつけ加えた。「そこには自然なカオスがあるだろうから、特別なことが起きても、そう簡単には気づかれない。ヴェンダルと呼ばれる第七惑星は、今年の三月にヴィッダーが最新式の優れた研究ステーションの運用を開始した。このヴェンダルがわれわれの本当の目的地だ」

「なぜほかでもない、その惑星なのでしょう？」と、シルバアトが訊いた。

「われわれがそこでなにがしたいのか、わかっているはずだ」と、ローダンは全員のほうを向いて答えた。「この旅にサトーがモトの真珠や大切な装備品を理由もなくたずさえてきたわけではない。おそらく最後となる秘密を、真珠からとりだすためだ。これもまた、充分に注意をはらってひそかにおこなわれなければならない。われわれがヴェンダルへ行くことは、アリネットを通じて秘密のメッセージで送ってある。もちろん、このことを知っているのはごく少数のヴィッダーだけだ」

「あなたのマスクはどうするのですか？」ローダンの説明を聞いてもデグルウムは動じなかった。「このままでいるつもりでしょう？」

「もちろんだ。このマスクの目的は、追跡者とおぼしき者やかくれた監視者を混乱させるため、そしてモノスの追跡メカニズムを探るためだ。ヴェンダルで見つからずにすむためでもある。それに、わたし自身はヴィッダーの秘密の研究ステーションに行くつもりはない。それはアンブッシュ・サトーに任せる。もしモノスがヴェンダルでもわたしや居場所を見つけだせるようなら、ヴィッダーにとっては非常に危険だからな」

さらにいくつか問題を解決してから、アンブッシュ・サトーとデグルウムは芸術品をたずさえ、ラランド・ミシュコムとガヴヴァルは別の目的で、それぞれ出ていった。

少し遅れて、ペリー・ローダンはロボットのティトンを連れてホテルのバアに行き、あたりのようすを眺めた。

ハイタックが用意したガラスケースは長さ五メートル、奥行きは一メートルで、全方向から鑑賞できた。それはバアの中央に置かれ、なかには奇妙なオブジェが四つ入っていた。

光る文字で書かれたキャプションには響きのよい作品名が刻まれ、奇想天外でカラフルなオブジェは空想力しだいでどんなものにも想像できるようなしろものだった。かくされた金言のガイアのサイコド。中央ブラックホールの風と生物。イトラマック・ロプシードのさまよえる魂。

超新星のプシオン・マインドゲーム。

すでに興味を持った客も多く、そのうちの何人かはエセ美術品に興味津々《きょうみしんしん》で、アンブッシュ・サトーとデグルウムに話しかける者もいた。ふたりはかれらにフレゴル・テム・ミルに訊くようながしていた。テム・ミル本人はバアカウンターにすわり、マイバレックでいちばん強い酒はどれかとたずねていたところだった。

バアテンダーはプレート外殻がティトンとどこか似ているロボットで、快く教えてくれた。

「それなら〝地獄の白露〟ですね」ぎいぎいきしむ合成音声だ。「回転数は六十四回です。人類もスプリンガーも、小さなグラスで二杯飲んだだけで死んでしまいますよ」

フレゴル・テム・ミルは冗談に大受けしたように大笑いし、その声があたりに響きわたった。

「気に入ったぞ、ブリキの番人！　きみをプログラムした輩《やから》も、地獄の白露に値いするね。では二杯お願いするよ。わたしはスプリンガーの子孫ではあるが、自分をスプリンガーと思ったことはないからね。だからいくらでも飲めるのさ」

ロボットが飲み物を作っているあいだ、フレゴル・テム・ミルとしてのプログラミングにしたがい、隣りにいる客と話そうと思った。ローダンは前もって技術機器でひそかにチェックしていたティトンから、このバアテンダーがまったく無害であることをこっそり聞き出していた。

「あなたさまはスプリンガーではないんですか？　信じられないですね、お客さま！」驚いているように聞こえるはずが、なぜか最後の言葉がうまく出なかった。ばかていいねいな〝あなたさま〟も、ふつうの呼びかけとしてぴったりこなかった。

「わたしはフレゴル・テム・ミルだ！」髭の男は割れ鐘のような大声を出した。「ウエストサイドとイーストサイドでもっとも裕福で目利きの美術商さ。陳列ケースにある作品は、わたしの持っている美術品のほんの一部にすぎない。どれもひと財産だがね。さて、飲み物をもらおうかブリキ男さん。こんな殺鼠剤《さっそ》なんぞ、テム・ミルにはどうってことないことを、きみたちみんなに見せてやろう」

かれは一杯めを飲みほした。すぐに細胞活性装置が威力を発揮したが、ローダンは顔をゆがめた。地獄のような強い刺激で、ふつうなら二杯めはやめておいただろう。だがそのふるまいは計画の一部だ。フレゴル・テム・ミルに注目を集めると同時に本当の自分から人々の目を逸らさせることが目的だった。

「悪くない、安酒だが！」と、声を絞り出した。「昔のロケットのジェット燃料にぴったりかもしれないな」

二杯めはいっきに飲みほした。舌にはまだ強烈な刺激が残っていたので、味はほとんど感じなかった。けれども身体への影響は完全におさえられない。細胞活性装置が〝毒〟だと見なした成分を中和するのに数分はかかるだろう。そのなかには高濃度のアルコールや未知のスパイスやエッセンスも含まれているにちがいない。

ちょうどそのとき、見知らぬ男が近づいてきた。ヒューマノイドの顔立ちをしていたが、既知の種族だということは一目瞭然だった。カラフルな階級章がついた制服に似たコンビネーションは、その華奢《きやしや》な身体に不釣り合いだった。

「ジャッポーと申します」と、簡単に自己紹介した。「通称は軍略家です。宇宙港当局の者です」

「芸術作品の購入をご希望かね」フレゴル・テム・ミルは舌がもつれた。二杯飲んだ地獄の白露が効いてきた。

「とんでもない！」ジャッポーの表情が暗くなった。「ある事件の解明を担当しています。情報提供を要求します」

「フレゴル・テム・ミルにはだれも要求できない！」ろれつはまわらないが、ローダンはすでに正気に返って酔っぱらったふりを続けていた。「なにか買いとることはできる。まあ、行儀よくしていれば、お願いごともきいてやるがね。わかったか、教養のかけらもないちび役人が」

ジャッポーは動じなかった。

「あなたがたが乗ってきた二隻の宇宙船は、離陸許可を得ずに宇宙港を離れました」その声は厳しかった。「これは重大な犯罪です。どのように釈明しますか？」

「釈明？」フレゴル・テム・ミルは苦しそうにあえいだ。好奇心旺盛な人たちが群がってきたことに、気づいていないようすだ。「頭がおかしいのか、このよちよち歩きが！　それとも、ほかにあだ名があるのかな？　まあ、どうでもいい。とにかく、おまえは嘘をついている。わたしがバイドラまで乗ってきたのは一隻だったか二隻だったかな、自分の宇宙船ではない」

「わたしが申しあげているのはＭＩＬ＝１とＭＩＬ＝２のことです。この二隻はあなたの船として宇宙局に登録されています」

「登録はわたしの雇い人の仕事で、わたしはなにも知らない」美術商はたいへんご機嫌を損ねたようだ。「やっとわかったか？　われわれはただの船客だ。もっとも、わたしは同じ船で航行を続ける計画だった。どうしてとんずらしちまったのか、だれにもわからん。バイドラの空気が気にくわなかったのかもしれんな。わたしもだんだんここの空気が合わなくなってきたよ。あんたたちがわたしや部下になんだかんだいえるのも、そろそろおしまいだ」

　ジャッポーは異議を唱えた。

「登録時には、あなたと五人の同伴者、それに二体のロボットと荷物以外には、だれも乗っていないと書かれていましたが」

「もう一度だけいうからよく聞け、半人前が」フレゴル・テム・ミルは飛び上がって威《い》嚇《かく》の姿勢になった。こぶしを握りしめたところへ、ティトンがすばやく割って入った。

「われわれは宇宙船やその所有者とも、登録手続きとも無関係だ。わたしの宇宙船はいちばん近い船でも二万光年以上離れていて、呼び寄せるには時間がかかる。もしなにか損害が生じた場合は、わたしが弁償しようじゃないか。これ以上ひとことでもしゃべったら、宇宙港を買いとっておまえをくびにするぞ。消え失せろ！　さもないと、ブリキの番人におまえ用の地獄の白露を作らせるぞ」

ジャッポーはあとずさりした。なにかいいたそうにしたが、美術商の威嚇するような指がかれを黙らせた。それは出口に近づくまで続いた。

「この件はまだ終わっていません！」と、かれは出口から叫んだ。「またいずれ話しましょう」

この出来ごとは、ペリー・ローダンにとって非常に好都合だった。かれを自分の目的に利用し、すぐ近くには宇宙船がないことを大声で周知させたのだ。

それに、遅かれ早かれバイドラを去るつもりで、そのために適当な乗り物が必要なことも遠まわしにほのめかした。これでまた、かれの計画にレールが敷かれた。

6

この映像を見ろ、カンタロ！　われわれ、アノリーを祖先に持つきみたちの兄弟姉妹は、隅々まで、すべてのシントロニック・モジュールに浸透するまで、きみたちのためにこれを流し続けよう。

この映像がなにを示しているのか、きみたちの感覚で認識せよ！

この映像の情報に耳を傾けろ！　おそらくきみたちのだれも、まだ生まれていなかった時代のものだ。かつて放浪の旅に出て不可思議な軛《くびき》につながれ、粗暴な生物に変貌して死と恐怖を撒き散らすカンタロの後継世代がきみたちであると、多くのことが示唆《しさ》している。

きみたちの父母の平和な世界を見よ！　その表情から満ちたりた心を感じとり、懸命に生きる日常や苦難、研究に没頭するようすをたどるのだ。この映像のなかにあらためておのれの特性を認識し、どこで美徳と正義の道をはずれたかを知るだろう。

そうすれば、自分の力でなんなく二歩めを踏み出せるだろう。その一歩が、きみたちをもっと幸せであたらしき道へと導いてくれるだろう。

そうなれば、あたらしい友ができるだけでなく、われわれアノリーという古い友もできる。

そしてこんどは、きみたちの父母の故郷からの映像を楽しんでくれ。そのなかにきみたちの真の本質を見つけ、おのれのなにがゆがめられてきたのかを認識するのだ。

（平和スピーカーの文言より）

＊

ペリー・ローダン、別名フレゴル・テム・ミルは、いつまでもバアでひとりきりではなかった。酔いから回復してくると、本物のスプリンガーと思われる髭面の男が近づいてきた。男は美術商の横に立ち、上から下までくまなく観察した。

同じ時、アンブッシュ・サトーとデグルウムは、陳列ケースの作品に感嘆して買う気満々の客たちを相手にしていた。ラランド・ミシュコムとガヴヴァルは、大勢でにぎわうホテルのロビーにとどまっている。ふたりの女がそこでなにをしているのかはわからないが、与えられた任務を忠実にこなしていた。

しばらくすると、髭のスプリンガーがスツールを引いてフレゴル・テム・ミルの隣りにすわった。注文した飲み物をロボットのバアテンダーが手わたすと、髭は隣人のほうを向いた。

「フレゴル・テム・ミル」と、小声でつぶやく。「そんな名前は聞いたことがない。それはあなたの本名ですか?」

「わたしのことを知らないって?」テム・ミルは口をゆがめた。「芸術を理解しない俗物なのでしょうな。それなら話すことはないね」

「それに」と、ティトンが補足した。「わたしのご主人さまに話しかけるなら、まずは自己紹介するのが礼儀ではありませんか?」

スプリンガーは無造作に手を振ってロボットを黙らせた。

「ロラーノ・ヴァロ」と名乗り、おや指で自分の胸を指した。「正真正銘のスプリンガーだ。それに、展示ケースの美術品がにせものなのか幻想の産物なのか見わけられる。わたしにはったりをいってもむだだ」

「自分が生粋《きっすい》のスプリンガーだといい張ったことは一度もないがね」とフレゴル・テム・ミル。「たしか先祖には何人かスプリンガーがいたはずだが、確実にほかの血も流れている。なにがお望みだね、ロラーノとやら。飲み物を一杯おごろうか? それとも二杯? あるいは喧嘩がお望みかな? でなければわたしと取引がしたいとか? 五千ギャラクスでサイコドが手に入る。無名のガイア人画家の傑作だ。通常価格ならその三倍だが、遠い親戚だからおまけしてあげよう」

「その提案には笑うしかないな」ロラーノ・ヴァロは腕組みした。「あんたが折れるのは、弱みと不安がある証しだ。あんたの仕事は違法だ。それに、わたしはこんな廃棄物に興味はない。あんたの遠い親戚でもない。あんたが何者で、バイドラで本当はなにを探しているのか知りたいだけさ」

ご主人さまが返事もせず、これみよがしにそっぽを向いたので、ティトンはヴァロに詰め寄った。

「あなたのいやがらせは耐えがたいレベルですよ。今すぐ姿を消したほうがいい」

「そうするよ」ヴァロはゆっくり立ちあがった。「だが、だれがわたしをここへ送りこんだのかはいっておこう。わたしはウマニオクの代理としてきた。知らないかもしれないが、ウマニオクは自分が認可していない違法業者を認めていない。たいそう機嫌を損ねるだろう」

「消え失せろ!」フレゴル・テム・ミルは小声でそういっただけだった。

スプリンガーは急いで立ち去った。

ローダンは、人混みをかきわけてこちらへ向かってくるラランド・ミシュコムを見つけた。彼女がそばにくるまで待って、じゃまされずに話ができそうな片隅までそっと引っ張っていった。

「おもしろい人たちにたくさん会いました」と早口でまくし立てるララを、ローダンは手ぶりでさえぎった。「ウマニオクという名前を聞いたことがあるか？」

「はい」と、答えたララは驚いていた。「落ちぶれた感じの男が、ウマニオクに認可料としていくらはらったのか知りたがっていました。どういうつもりかわからないので追いはらいましたが。それ以上のことはわかりません。興味をひく人物はほかにも何人かいます」

「それはあとまわしでいい」ローダンはこちらへくるようティトンに合図した。「ここの支配人、プロフォス人のハイタックを連れてこい」

ロボットは一分もたたないうちにその男を連れて戻ってきた。

「このホテルは安全じゃないのか？」フレゴル・テム・ミルはハイタックにくってかかった。

「お客さま、それはいったいどういうことでしょう」

「脅迫というか恐喝を受けたんだ。ウマニオクの仕業らしい。そいつはいったい何者だ？」

プロフォス人は、置かれた状況と同じ、かぎりなく不幸な表情になった。

「そんな大声でその名を口にしないでください！」と懇願した。「もちろんわたしどもはお客さまの安全に全力をつくしています。けれどもウマニオクに対しては無力な場合もあります」

「そいつはいったいだれなんだ？」フレゴル・テム・ミルはもう一度訊いた。

「暗黒街の帝王のようなものです」ハイタックは小声でそういうと、部外者に聞かれてはいないかと不安げに周囲をみまわした。「いったいかれが何者で、どんな顔つきなのか、だれも知りません。バイドラトゥーンで大勢の実業家を恐喝しています。マイバレック・ホテルは、今のところ恐喝をまぬがれています。社長が上納金を収めていますからね。でも支配人にはなにも知らされていないんです」

「わかったよ」と美術商。「教えてくれて感謝する！　自分たちのことは自分たちでなんとかする」

安堵のため息をつくと、プロフォス人は急いで立ち去った。

「さて、きみの話に戻ろう」ペリー・ローダンはラランド・ミシュコムのほうに向きなおった。「どんな報告だ？」

「美術品に興味があるという手合いは、サトーとデグルウムのところへ送りました。ガヴヴァルとわたしはまず、ロビーやホテルの前で目立たないようにいろいろな会話に聞き耳を立ててました。あなたは自分の演出に成功しましたよ。いたるところで、怪しげな輩や山師もどきがチャンスを狙っています」

「それはわたしの観察とも一致する」と、テラナーも同意した。「ただし、ウマニオクの使いだというロラーノ・ヴァロは計画のじゃまだ。バイドラで暗黒街の住民とひと悶着起こすのは得策ではない。時間のむだになるだけだ。目の前の脱出に集中しよう」

「ガヴヴァルが通りの反対側にある事務所で調べたのですが、コルピト星系へも、その近くのヤレドシュ星系やノーマンやレヴナーなどの恒星へも、公共定期航路はほとんどありません。カネラ星系は恒星間交通の要衝で、カンタロも容認しているようですが、すべては秘密裡か非公式に、または民間主導でおこなわれています」

「そんなにすくないのか？」

「約三週間後、貨物宇宙船がヴォノ星系の惑星エプサルに向けて出航します。それに乗ればヴェンダルまであと半分のところまで行けます。ほかに公式に登録された宇宙船はありません」

「それも予想外だな。金にものをいわせて登場し、こっそり姿を消すというのがわたしの計画だ。だれもあとを追えないようにしておかなければ、真実味がなくなってしまう」

「わたしもそう思いました」ラランド・ミシュコムは静かに笑った。「まったく異なる人たちから、いかにも怪しげな申し出をふたつ受けました。ひとりは自前の宇宙船を持っているという、落ちぶれたヴィンクラン人。名前は略してダグ。相応の対価を支払えば、銀河系のどこへでも連れていってくれるでしょう。かれのバイドラトゥーンの住所はわかりますし、いつでも連絡できます」

「それはいいね、ララ。で、もうひとつは？」

「ひと癖ありそうな老婆で、まるでおとぎ話の魔女です。ズウォバス・イェンコルと名乗り、ゼルマロンカ人だといっています。それがどういう種族なのかわたしは知りません」

「ゼルマロンカ人は、アルコン人からわかれた支流の種族だ」

「老婆は、どんな航路でも直行便が手配できるといっています。途中で目的地以外の惑星には寄港できないということです。老婆の料金はヴィンクラン人ダグの半値です。彼女の外見からしてホテルのなかに入れるとは思えませんでしたから、マイバレック・ホテルの前で会いました。また連絡するとのことです」

「すばらしいよ、ララ」ペリー・ローダンは満足した。「このふたりについて、もっと詳しく調べてくれ。それから、会う日も決めておいてほしい。ふたりがどんな人物かこの目で確かめたい。旅行料金はいくらでもかまわない。作り上げたイメージとカムフラージュには、料金が法外なほうが効果的だ。きみになにかアイデアはないか。ふたりを会わせてみるのもいいかもしれないいな」

「すでに進めています」ミミは美術商の仮面の下のテラナーに、からかうように笑いかけた。「あなたは大切な美術品で良い取引をしてくださいね。わたしはコルピト星系行きの船を手配しますから」

その夜遅く、ホテルの部屋に全員が集まった。ラランド・ミシュコムは、翌日フレゴル・テム・ミルがズウォバス・イェンコルならびにダグと会う約束をとりつけたと報告した。

＊

翌朝、ペリー・ローダンとその仲間たちに予想外の出来ごとが次々に起こり、昼過ぎには状況が一変した。

この事態に、特にローダンとアンブッシュ・サトーの見解は、完全には一致しなかった。ローダンは事態を圧倒的によいほうにとらえたが、超現実学者は当初の計画から完全に逸脱している、全員に大きな危険があると考えた。

それは、朝食前にローダンがホテル支配人に起こされるところから始まった。館内通信システムのモニターにあらわれたのは顔を真っ赤にしたハイタックだ。

「恐ろしいことが起きました」と、プロフォス人がつらそうに告げた。「早朝にホテルが襲撃されました。わたしも今しがた知ったところです。電子カーテンが破壊されました。お客さまの展示ケースにわたしどもが設置した二体の警備ロボットもです。そのせいでアラームも作動せず、美術品はすべて、何者かに奪われました」

「なんてことだ！」フレゴル・テム・ミルは騒ぎ出した。「ホテルに弁償してもらおう！　とにかく、展示ケースはわたしのものではない。おまえが用意したんだからな、能なしめ！　中身はわたしの所有物だ。大損害だ！　そのうち二点はきのう売れている。客は今日とりにくるんだぞ。イトラマック・ロプシードのさまよえる魂と、中央ブラックホールの風と生物だ」

「申しわけありません。ですが、それはわたしどもの落ち度ではございません。紛失の責任は負いかねます……」

「黙れ、このいくじなしが！」美術商がハイタックをさえぎった。「すぐに下へおりる。部下といっしょに、おまえがしでかした損害を調べよう」

ローダンはそれ以上なにもいわずに接続を切り、ホテル内のどこかにいるティトンに音声通信で連絡した。次にアンブッシュ・サトーとラランド・ミシュコムを呼ぶと、ふたりはすぐに駆けつけた。

ティトンは、目立たないようバアで監視する役目を負っていた。監視の詳細については、かれのシントロニクスと技術的サブシステムに入っている。

ティトンが連絡してきた。

「思惑どおり、展示ケースが奪われました。わたしは阻止しませんでした。犯人はマスクをしていましたが、画像を撮影してあります。犯人のうちふたりはだれだかすぐにわかりました。ウマニオクの従者でスプリンガーのロラーノ・ヴァロと、プロフォス人のホテル支配人ハイタックです。もうひとりがだれかはまだ特定できていませんが、犯行後もホテルから出ていないので、おそらくホテル従業員でしょう。ヴァロが掠奪品と共にどこへ消えたのかは確認できませんでした」

「美術品はどうでもいい」とペリー・ローダン。「アルヘツが自分の化学ラボでいくらでも作ってくれる。それより心配なのは、ここで起こる事件にわれわれがどんどん巻きこまれてしまっていることだ。気にくわないことこの上なしだな。今日にも秘密裡にバイドラから脱出できるよう手配しよう。とりあえずわたしは〝犯罪現場〟に顔を出さなければならない。ララ、いっしょにきてくれ。ティトンも現場のどこかにいてくれ」

ホテルのフロントにおりると、すぐに制服を着た男たち数人が美術商とその連れをとり囲んだ。ローダンはそのなかにジャッポーの姿を見つけた。その役人は、こんどは援軍を連れてあらわれたようだ。

「よかった、当局がこの卑劣な窃盗犯を捕まえてくれるだろう」フレゴル・テム・ミルの声がとどろいた。「きてくれ！　損害状況を見てみよう」

テム・ミルはバアのほうへ行こうとしたが、三人のがっしりした男たちが行く手をはばみ、ジャッポーがその前に躍り出た。

「窃盗などどうでもいい。われわれはフレゴル・テム・ミルを尋問しにきた。あなたの二隻の宇宙船についてだ。われわれの犯罪捜査ポジトロニクスが、あの二隻があなたの船だと証明した。船にはMIL＝1とMIL＝2という、あなたの名前がついているのだから」

「今そんな質問に答えている暇はない」フレゴル・テム・ミルは抵抗した。「わたしの財産が盗まれたんだぞ。たいへんな損害だ。こっちが最優先で、ほかのことはあとまわしだ」

「まず、あなたの名前と行方不明の二隻の船の名前の関係を説明してもらおう！」ジャッポーは引きさがらない。「それができないなら、一時的にあなたを拘留する」

ローダンは状況がどんどん不利になっていくのを感じていた。

「わかった」ローダンは態度をやわらげた。「二隻の円盤艇の艇長はかくしごとをしていた。それがなんだったのかわたしは知らないが、それが理由でバイドラ着陸時に船に別の名前をつけたんだ。艇長がわたしにちなんでMILと名づけたのが、単なる偶然か意図的なのかはわからない。すくなくともわたしや仲間には無関係だ。目的はわたしの美術品のためにあたらしい市場を開拓することだったのだから。それだけだ」

「では二隻の本当の名前は？」ジャッポーはしつこく食いさがった。かれの協力者が輪になって美術商と仲間たちをがっちり囲いこんだ。「宇宙港の職員はだれも見ていないが、あなたのいう艇長の名前は？」

一瞬考えこむと、フレゴル・テム・ミルはこう答えた。「われわれが乗船したとき、艇はチェン＝ゴノラとレフェ＝ゴノラと呼ばれていた。艇長の名前はアールター・テル・ゴノラだ。さあもうこれで解放してもらえるかな。盗難事件に対処しなければ。急ぐんだ」

これらの名前はペリー・ローダンによるまったくの創作だった。

「テム・ミル、もうひとつ質問がある」ジャッポーは両手をあげて尋問は終わっていないことを示した。「ほかのことはすべて、あとで解明できる。船の名前はもしかしたらCIMではないか？」

「CIM？」美術商は驚いた。そして心のなかでも本当に驚いていた！「いいや、そんな名前は聞いたことがない」

ジャッポーは小さな用紙をかれに手わたした。

「あす、宇宙飛行局へ出頭を命じる。この略図の場所に出頭するように。詳しく尋問する。最後の航行と、あなたのいうテル・ゴノラについて。この出頭命令はあなたの同伴者、ララント・ミシュコムとガヴヴァルにも適用される」

フレゴル・テム・ミルはその用紙に目をやり、すぐにうなずいた。

「時間どおりに出頭しよう。かくすことはなにもない。ふたりも連れていく」

人垣は解かれた。ローダンとララがやっとバアエリアに入ると、そこにはハイタックと三人の知らない男たちがいた。

ロボットのティトンは片隅にたたずみ、黙って動かない。

「奇妙ね」と、ラランドはつぶやいた。「なぜガヴヴァルとわたしが尋問に同席するのか」

「確かに」ペリー・ローダンは静かに答えた。「きみたちが出発便の有無《うむ》を問い合わせたからだろう。ジャッポーがCIMという名前を知っていることと、アルヘツが諜報員らしき者から聞いた内容をあわせて考えると、いくつかの結論が導き出せる。でも今は、とるにたらないとはいえ目の前のことに対処が必要だ。さもないと、また次の事件に巻きこまれることになる」

ローダンは、こじ開けられ破壊された展示ケースの前に困惑顔で立っている一団に近づいた。そのかたわらには、完全に破壊された二体の警備ロボットの残骸が転がっている。

ハイタックは、ヒューマノイドの三人の男をバイドラ治安局の代理人だと紹介した。この惑星に居住している種族は多種多様で、もはや祖先種族をはっきり特定することはできない。

グループの代表として話すのは、おそらくテラナー入植者の子孫であろう、タルト・

ポッカーとかいう名の男だった。かれの質問に、フレゴル・テム・ミルは肩をすくめただけだった。

「犯罪者たちがどうやって警備ロボットや電子カーテンを突破できたのか、不思議です」と、ハイタックは嘆いた。

「不思議でもなんでもない」と美術商。「ここにいるベテラン捜査官も知っているはずだ」

「どういう意味でしょう？」タルト・ポッカーは不安げだ。

「このギャングには、マイバレック内部にすくなくともひとり味方がいた」とフレゴル・テム・ミル。「いや、おそらくふたりだろう。かれらは襲撃の前にロボットと自動カーテンを停止させた。手あたりしだいの、度を越した破壊だ。ここまでする必要はないのに。それと、見てもわかるように、警備ロボットは一発も発射していない。みなさんはホテル内から調査を始めなければなりませんね」

「ええ、ええ」タルト・ポッカーは少し驚いていたが、ハイタックは沈黙したままだ。

「この強盗事件については、あすになったらもう少し詳しく助言できますよ」フレゴル・テム・ミルはそう約束した。「まずは自分で入手したデータを分析しないといけないし、今は、ほかに大事な用があるんでね。ララ、ティトン、きてくれ！」

ローダンたちは見るからに困惑している四人を置き去りにした。

「ギャングの話に首を突っこむつもりはない」三人でホテルの前に立ったとき、ペリー・ローダンはラランド・ミシュコムにそういった。「この事件もモノスの課報員が関係しているという疑いはある。ＣＩＭという名称をだれが知ることができる？　でも今は、ヴィンクラン人のダグのところへ行こう。もはやバイドラにいる意味はない」

7

われわれアノリーは、きみたちカンタロに過去のことや真の美徳について伝えてきた。だが、それがすべてではない。特にわれわれが心配し、深く懸念している点について話さなければならない。

きみたちに悪行を強要しているものについて、われわれはなにも知らない。それがモノスと呼ばれているのは、本当の名がわからないからだ。

自分自身を見つめなおせ！　自分の内面を感じるのだ！　きみたちが精神的に依存するよう仕向けられたことが、やがてわかってくるだろう。それだけではない、肉体的な奴隷でもある。どうしてそうなるのか、われわれにはまだはっきりわからない。

この状況で、きみたちは不利な立場にある。われわれは打開策を見つけようと力をつくしているが、はっきりいおう、解決への道のりはまだまだ遠い。きみたちのなかにも、このやっかいな問題を自力で解決できる有能なスペシャリストがいるはずだ。

平和スピーカーの話を聞け。だがその情報は慎重に扱うこと！　カンタロからカンタロへ手わたせ。支配者をどう呼ぼうと、表向きには変わらず従順であり、忠実であれ！

成功を祈っている。方法がわかったら、われわれはきみたちを助けにいく。アノリーはきみたちにそれを約束する。

（平和スピーカーの文言より）

＊

ふたりの人間とロボットは、バイドラトゥーンの雑踏をかきわけて進んだ。ペリー・ローダンは、この道がグライダーや地上車輛の通行をいっさい禁止されている理由がようやくわかった。

道順はラランド・ミシュコムが知っている。一行が細い脇道に入ると、高さのある家々が押し合うように密集していた。くる人を拒むようなコンクリート舗装に、恒星バイドラの直射光は届かない。

往来する者たちは、かれらに注意を向けなかった。銀河系のいたるところからやってくる種族の姿形を見慣れているのだ。

「あとはつけられていません」と、ティトンがふたたび報告した。「ほかになんの異状も見あたりません。アルヘッツが、ホテルにあなたへの伝言が残されていると伝えてきました。メッセージは封印され、フレゴル・テム・ミル個人に宛てたものです」

「それは帰ってからにしよう。盗まれた美術品をわたしに一定の価格でとり戻させようという人物ではないかと思う」

二十分ほど歩くと、ラランド・ミシュコムが両隣りをビルにはさまれた地味な家を指さした。

「ここです」

高さも幅も七メートルほどの建物は、とても手入れが行き届いている印象だった。通りに面した入口が二個所あり、右側の入口上部には大文字でこう書かれていた。


どんな輸送にも対応します。〝ダグ〟ことダギロフ・コロウナー

「これがヴィンクラン人のフルネームです」とラランド・ミシュコム。「ここではダグとしか呼ばれませんが。合法的な商売はもちろん、違法な取引もやっている感じです。提示してくる料金でわかります」

ローダンがなかへ入ろうとすると、看板の下のドアが自動で開いた。全員が足を踏み入れると、ドアはかすかな音を立てて自動で閉じた。

短い廊下の向こうに小さなオフィスが見える。机はたったひとつ。椅子にはだれもすわっていない。

「だれもいないわ」ララはがっかりした。

「待ってください！　熱を感知しました」ティトンはふたりの横を通りすぎ、机を一周すると手招きした。「ここに横たわっています」

ローダンは急いで駆け寄り、ララも続いた。

動かない身体を見て、「ダグです」と、押し出すようにいった。

ティトンはその間にヴィンクラン人を調べた。

「息はありますが、意識はありません。二発のエネルギー弾が胸を貫通しています。まもなく死ぬでしょうが、話はできるかもしれない」

ペリー・ローダンがうなずくと、ティトンはヴィンクラン人に注射を打った。ラランド・ミシュコムが前に躍り出た。

「かれはわたしを知っています。意識が戻れば、わたしだとわかるでしょう。なにかいうかもしれない」

はたしてダグは目を開いた。なにかいおうとしたが、その薄い唇からはわずかな単語が吐息になって出てくるだけだった。ララは身をかがめて耳を近づけた。ヴィンクラン人は目を閉じて、最後に身体をふるわすと力つきた。

「死にました」ラランド・ミシュコムはそういうと、うんざりして首を振った。「ひとことだけ聞きとれました。〝ウマニオク〟と」

「気づかれないように、さっさとここから出よう」ペリー・ローダンは急いだ。「さもなければ、殺人の容疑をかけられる」

「反対側に出口があります」近距離探知をおこなったティトンが報告した。

「では、そのルートで逃げよう。行くぞ！　前方だ！　どうもいやな予感がする。ホテルに戻ってゼルマロンカ人の老婆に連絡をとろう。このままではこの星から出られない。名前はなんという？」

「ズウォバス・イェンコルです」ララはそう答えると、ティトンに続いてドアから外に出た。ペリー・ローダンはしんがりをつとめた。

ふたりは小さな路地で心の落ち着きをとり戻した。百メートルほど進むと、にぎやかな通りに出た。ここからは問題もなく、無事ホテルに到着した。

ホテルの入口脇に、長い衣服に身を包んだ人物がしゃがんでいる。あの女に間違いない。

「この人がそうです」ラランド・ミシュコムがローダンをつついた。「ズウォバス・イェンコル」

「きみが話をしてくれ」とテラナー。「わたしは、だれがメッセージを送ってきたのか確認したい」

ふたりは別れた。アルヘツがホテルから出てきて、ララに同行した。フレゴル・テム・ミルとして、ローダンはマイバレック・ホテルに戻った。すぐにポーター・ロボットが駆けつけ、巻いて封印された紙を手わたした。かれはそれをティトンに差し出した。

「危険ではありません」ロボットが確認した。「本当にただのメッセージです」

ペリー・ローダンは、アンブッシュ・サトーと三名のアノリーが待つ部屋へと急いだ。訪問が失敗に終わり、ダグが殺害されたことを手短かに伝えると、小さな巻物を開いた。そこにはこうあった。

ダギロフ・コロウナーを訪問するなら、そのオフィスを訪れるすべての訪問者は音声と映像で記録されていることに注意せよ。

テラナーは罵《ののし》り言葉を口にした。

「くそっ、またか。これはどういうことだ？」ローダンはメッセージをティトンに見せた。「なにか気づいたか？　じわじわと危険が押し寄せている！」

ロボットは監視を探知していなかった。論理的関係性を認識する特殊なシントロニクスを持つティトンは、このメッセージははったりだと断定した。

「最近の出来ごとを合理的に分析すると、あなたに一刻も早くバイドラを去ってほしいとだれかが願っているのでしょう。そのだれかがなぜそう願うのかは、わかりません。このメッセージは、事実であるかどうかに関係なくあなたを動揺させます」

超現実学者もうなずき、ペリー・ローダンも同じように思った。どこかに敵がいる、すくなくともかれに特定のなにかをさせようとする者がいる。それは四点の美術品の単純窃盗や金銭の恐喝とはなんの関係もなかった。

ラランド・ミシュコムが戻り、アルヘツが続いた。彼女の表情は自信に満ちていた。

「希望どおり、今日じゅうにこっそりバイドラを離れることができます。ズウォバス・イェンコルは、コルピト星系への直行便を妥当な料金で保証してくれました。その内容が信頼できるかどうか、こっそり調べさせましたが、老婆は嘘をついてはいません。彼女にはバイドラにズークース・イェンコルという名の弟がいて、遠距離航行可能な宇宙船を持っています。ほかに乗客がふたり搭乗するとのことです。かれらもひそかにバイドラから脱出したがっており、行き先は問わないそうです。わたしたちがかれらと接触することはないと思われます。これが宇宙船《イェンコル》の写真です。問題ないと思います」

アルヘッツに備えられた高性能シントロニクスがそれを証明した。

「信頼していいんだな？」と、ペリー・ローダンが訊いた。「都合がよすぎるうえに急な話で、かえって怪しい気がする」

「わたしもちょっと奇妙だなと思います」と、ララも認めた。「もしきのうズウォバス・イェンコルと話していなかったら、わたしも疑っていたでしょう」

「ここからこっそり姿を消すというのは可能でしょうか？」と、アンブッシュ・サトーも疑問を口にした。

「それは可能です」と、アルヘッツが答えた。「ティトンとわたしで重要なルートはすべて、とうの昔に調査ずみです。ホテルの地下には、地下搬送路に通じる秘密の入口があります」

「そうか」ローダンはしばらく考えた。「ララ、アルヘッツといっしょにズウォバス・イェンコルに会ってすべての出発準備を整えてくれ。出発は早ければ早いほどいい。われわれは荷物をまとめよう。タルト・ポッカーには、こちらの出発後に届くようメッセージを送らせる。もしかれが誠実な男なら、ハイタックやロラーノ・ヴァロ、あるいは謎に満ちたウマニオクをとり調べるだろう。われわれにできるのはここまでだ。ダグの話は黙っておこう」

＊

諜報員は自分にも世界にも満足していた。かれはその監視対象を調査すべきだという最終的な証拠をまだつかんでいない。それに、このグループの目的がほとんどわからないため、報告を躊躇していた。

いや、もっと多くのデータが至急必要だ。自分なら手に入れられる。コルピト星系のことは、恒星間位置データ以外なにも知らない。なによりも、かれらがそこでなにを望んでいるのか、あるいは、なぜコルピト星系を目的地に選んだのか、まったく不明だ。

かれがフレゴル・テム・ミルとその仲間に差し向けた者たちは、だれのために、どういう理由で仕事をしたのかもわからないまま、よくやってくれた。バイドラでは、金さえはらえばできないことはほとんどない。

かれはヴィンクラン人ダグという競争相手を排除し、その事実を次なる武器として利用した。さっさと目的を達成するために。

とうとう、容疑者を強制的に出発させることができた。その目的地でなら、かれはもっといろいろ知ることができるだろう。そこには、突きとめなければならない特別な意味があるはずだから。

それが終わったら上司に報告できる。かれは上司を個人的には知らなかったし、自分が依存症にされたこともわかっていた。だがそんなことはどうでもよい。組織に忠実なあまり、任務を果たすことがなによりも重要だったからだ。

フレゴル・テム・ミルとその仲間たちがバイドラトゥーンの南端にある宇宙廃港に荷物を持ってひそかに向かったという知らせを聞き、かれは満足だった。そこではズークース・イェンコルと宇宙船イェンコルがすでに待機している。

フレゴル・テム・ミルにとって盗まれた美術品はもはやどうでもよかった。ズークース・イェンコルは美術品に興味があり、テム・ミルは、さっさとバイドラを離れてコルピト星系へ行く手段に興味があった。

テム・ミルはそこでなにがしたいのだ？　いずれわかるだろうが、いま重要なのはズークース・イェンコルを差し向けることだ。

ズークース・イェンコル！　諜報員は笑った。それから飛び起きた。これからは自分で行動しなければ。そしてもう時間がなかった。

＊

《イェンコル》船内は一風変わっていたが、ペリー・ローダン、別名フレゴル・テム・ミルとその仲間たちは、妥協するしかなかった。

宇宙船は直径四十メートルほどの円盤艇で、司令室は直径わずか四メートル。上半分のちょうどまんなかに位置していた。下半分は、駆動システムやそのほかの技術システム専用だ。

上部の外側部分には乗客用の居室が十部屋あった。残りの大部分は積み荷用の貨物室だ。ズークース・イェンコルがなにを積んでいたのか、ほかのふたりの乗客がだれなのか、最初ローダンたちは知らなかった。

使われていない居室二部屋の仕切り壁がとりはらわれてラウンジに改造され、さまざまな食べ物や飲み物の自動供給装置が置かれていた。

ローダンはここで仲間たちと定期的に会っていたが、ほかの乗客ふたりが居室を出ることはなかった。

ズークース・イェンコルはじゃまされたくないことを隠しもしない寡黙な一匹狼であることが判明した。かれは出発直前と直後に一度姿を見せただけで、それ以外は司令室にこもっていた。

比較的若いこのゼルマロンカ人はさまざまなポジトロニクスを駆使してひとりで操縦していた。ローダンは船のポジトロニクスをちらっと見ただけだったが、最新式でないことは確かだった。

ズークース・イェンコルが客たちに伝えたのは、コルピト星系まで約一万二千光年、およそ七日かかるということだけだった。飛行期間がそれほど長くかかるのは、《イェンコル》が時代遅れの技術を備えた年季の入った宇宙船であることを物語っていた。

航行三日め、まだフレゴル・テム・ミルのマスクをかぶっているローダンが仲間と顔を合わせると、ラランド・ミシュコムは単調で退屈な航行を嘆いた。

「わたしはやることがいっぱいあります」とアンブッシュ・サトー。「居室の制御モニターから航行を見守っていますよ。すくなくとも、われわれは正しいコースを進んでいます。ティトンとアルヘツには任務を与え、この怪しげな船について、可能な範囲で調べさせています。まもなく戻ってきて報告するでしょう。かれらのセンサーや技術システムであたらしい情報が得られたら、あなたの退屈がやわらぐかもしれませんよ、ララさん」

「反対はしませんよ」とララ。「池のなかのカエルは、いつも同じ葉っぱの上にはすわりたがらない……」

「やめてください！　お願いです！」と、超現実学者が懇願した。「古いアフリカの無意味な知恵はもう勘弁してください！」

「意味のある知恵でもだめ？」

アンブッシュはそれに答えなくてすんだ。ティトンとアルヘツが偵察から帰ってきたのだ。

「計器が故障したかと思いましたが、わたしが出した、信じられないような測定値が正しいことを、アルヘツが証明してくれました」ティトンが早口でまくし立てた。

「まあ！　事件ね」ララが思わず大声を出した。

ペリー・ローダンは額にしわをよせ、「聞こえないよ」と、ララをたしなめた。

ティトンが一語一語強調しながらゆっくりと説明しだした。

「みなさん六人以外に生きている生物は乗船していないようです」

三名のアノリーはあっけにとられた表情になった。

「そんなばかな」とテラナー。「ではズークース・イェンコルは……」

「ロボットでしょう、ちがいますか？」アンブッシュ・サトーが割りこんだ。「そうではないかと思っていました。あいにく超現実的観点からチェックする時間がなかったのです」

「はい、ロボットです」とアルヘツ。「もっといいことがあります。ふたりの乗客がいるという居室二部屋に、生き物の兆候はありませんでした。わたしたちが探知できるはずの、ふつうの熱源がありません。そこで、キャビンに侵入したんです。乗客はおらず、その存在を示唆するものも見つかりませんでした」

「きみたちはイェンコルがロボットだと確信しているのか？」ローダンは怪しんでいた。

超現実学者は両手で頭を抱えた。しばらく黙っていたが、顔を上げると首を振ってこういった。

「ロボットが間違うはずありません。そしてわたしも間違っていません。バイドラの陽気な雰囲気に流されて見落としたことを白状します。うっかりにもほどがある。わたしたちは本来の目的地までこの便で行くように仕向けられ、追いこまれたんですよ。わたしたちがなぜコルピトに行きたいのかを知るために、だれかが意図的に手助けしたように思えます」

「モノスの諜報員だろうか？　それならさっさと解決しよう」ローダンは立ちあがった。「これからズークース・イェンコルを訪問する。サトー、アルヘツとティトンはわたしに同行してくれ。ほかはここに残れ」

ローダンたちは狭い通廊を通って司令室に着いた。入口ハッチの照明看板には、〝入室おことわり〟と書かれていた。

ローダンは片方のロボットに合図した。ティトンはまずハッチを開けようとしたが、メカニズムが反応しない。そこで報知器を作動させた。それでもなにも起こらない。

ローダンがもう一度合図を送ると、ロボットは技術システムを起動させ、ロック機構を調べた。一分もしないうちにハッチが片側にスライドした。

半回転した船長シートにズークース・イェンコルが目を閉じてもたれていた。

「機能停止しています」アルヘツはちょっと調べただけでそう告げた。

宇宙船イェンコルは自動システムで航行しており、ほかに操作されているようすはなかった。

「船長は休息中です」と、合成音声が響いた。「居室に戻ってコルピト星系に到着するまでお待ちください」

「この声はロボットの声のように聞こえますが、模倣音声です」ティトンがささやいた。

「いや、どこかに生物がいます」

「おまえはだれだ？」と、ローダンが呼びかけた。「どこにいる？　姿を見せろ！　逃げられないぞ！」

「わたしはポジトロン装置です」と、声が答えた。

「嘘だ。おまえは生物だ」と、ローダンは即座に答えた。「船長シートにすわっているのがロボットだ」

そのあとは沈黙が続いた。

アルヘッツとティトンは探知システムで司令室の内壁をスキャンし、おとなの背丈ほどの制御盤の手前で停止した。

ティトンは急いでローダンに近づくと、ささやいた。

「このなかにいます」

「どうぞみなさんの居室へお戻りください！」ふたたび見せかけの合成音声がうながした。

ペリー・ローダンはアンブッシュといっしょにロボットが示した制御盤まで進むと、こぶしを突きつけて叫んだ。

「出てこい！　さもないと引きずり出すぞ！」

そのとき、ロボットのズークース・イェンコルに注意を向けている者はいなかった。入口ハッチから、ラランド・ミシュコムが警戒の叫び声をあげた。次いで、狭い室内をエネルギー・ビームが音を立てて横切った。ローダンが振り向くと、発砲するラランドと倒れたズークース・イェンコルが見えた。イェンコル・ロボットが手にした重火器と部品がいっしょに床に転げ落ちた。

「前方だ！」テラナーは制御盤を指さした。

ティトンとアルヘッツが手早く片をつけ、数秒後にはパネルが横へ開いた。見守るローダンも武器を抜き、サトーやラランといっしょに重い船長シートのうしろに退いた。

最初、壁のくぼみのなかにぼんやりした姿が見えた。遮蔽エネルギー・フィールドに包まれていたが、徐々に透明になって正体が明らかになった。それはズウォバス・イェンコル、あのゼルマロンカ人の老婆だった。

「おまえたちが探し出したのはウマニオクだ。この裏切り者め」女はすっかり男の声になっていた。「こんなことをしてもむだだ。わたしは雇い主に報告できなくなったが、おまえたちも目的地にはたどり着けない」

った。

「雇い主とはだれだ？」ローダンの声が響きわたった。「カンタロか？ モノスか？」

ウマニオクは司令室の中央制御台に突進した。なにをしようとしているかは明らかだった。

ローダンは叫んで警告したが、アルヘッツとティトンがすでに対処していた。エネルギー・フィールドを構築し、ウマニオクを閉じこめたのだ。

エネルギーとの戦いのなかで、ウマニオクが正体をあらわした。エネルギー・フィールドに突進したため衣服は溶け、身体から肉片が引きちぎられた。生物的身体からシントロニクス部品がはじけ飛んだ。

宇宙船《イェンコル》の自爆装置に手が届かないとわかると、かれはひとり自爆した。二体のロボットがエネルギー・シールドで被害を防いだ。

「これではっきりするといいのだが」ペリー・ローダンは武器をしまった。「黒幕についての情報が得られるシュプールをすべて保存してくれ。以後、《イェンコル》はわれわれが操縦する」

8

カンタロ！　われわれアノリーは、きみたちが優秀で強い戦士であることを知っている。きみたちがよく訓練されて知的能力がきわめて高いことも知っている。自らの意志があることも知っている。

カンタロ！　きみたちの意思を探求せよ！　きみたちの理性を使うんだ！　そして力を使え！　きみたちを支配する者、きみたちを中毒者や裏切り者、あるいはひょっとして殺人者にしようとする者、あるいはすでにそうした者たちについて考えるんだ。

かれらのことだけを考えろ！　その権力をわれわれはモノスと呼ぶ。

きみたちの意志、理性、そして力を、モノスに反抗するために投入せよ！　きみたちとわれわれ、そしてこの銀河系のすべての誠実な種族を、災《わざわ》いに満ちた権力から解放せよ！　そうすればきみたちの名誉は回復されるだろう。きみたちと多くの人々を助けてくれるだろう。そして考えてくれ！　この戦いにおいて、きみたちはひとりではない。きみたちがこれまで敵対してきた者たちはみな、そしてアノリーも、きみたちの味方だ！

（平和スピーカーの文言より）

＊

さらに三日かかって、かれらはコルピト星系に到着した。

ウマニオクとロボットの残骸を調べたところ、カンタロの技術であることが判明した。ウマニオクの身体にはすくなくとも四つのシントロン・モジュールが入っていたが、もとの身体は本物のゼルマロンカ人のものだった。

ズークース・イェンコルからとりだして読みとったデータによると、ウマニオクは一匹狼で、自分でもだれなのかわからない〝雇い主〟のために働いていたことが判明した。温厚なダグが死んだのはこの諜報員のせいだった。いっしょにコルピトへ行くのは自分と手下だけにしようとしたのだろう。

存在しなかったふたりの乗客の役割など、詳細はほとんど不明だった。おそらくモノスの諜報員は犠牲者を自分とは無関係に見せかけたかっただけで、手段の選択が間違っていたのだろう。

それでも、ロボットの破壊されたメモリーのひとつで、無意味な文字列のなかに《シマロン》と《オーディン》という二語が見つかった！

二日後に調査を終えたアンブッシュ・サトーも、その部分には触れなかった。重要なことは、ペリー・ローダンの任務についてモノスにはなにも報告されていなかったという事実だった。これは非常に安全なことだと考えられた。

惑星ヴェンダルへの着陸をはばむものはなかった。ペリー・ローダンはバイドラの時と同じようにここでもフレゴル・テム・ミルを演じるが、今回は危険に巻きこまれることはすくないだろう。特に、ヴィッダーの研究ステーションには決して立ち入らない。今後もローダンが発見される危険が続くことを充分認識しているからだ。

ローダンたちは美術商として、ヴェンダルで最高のホテルの贅沢なスイートルームを借りた。当然ながら一泊六千ギャラクスという出費もカムフラージュの一環として惜しまなかった。

アンブッシュ・サトーは目立たないように研究ステーションと連絡をとった。数時間後、サトーはトマア・クレロスというアンティといっしょに戻ってきた。クレロスはヴィッダーの研究グループの一員だ。

「わたしはみなさんとの連絡員です。おたがい十二分に用心しなければなりません」クレロスは到着したての人たちに説明した。「われわれのステーションはたがいに離れた場所にある複数の施設から構成され、各施設はそれぞれまったくちがう業界の会社や企業を装っています。われわれは、これらセクター間を最新鋭の位置探知防止型転送機を使って移動しています。この経路にみなさんの小型転送機を接続してください」

ローダンはすぐに二体のロボットに命じ、この要請をスイートルームの隣室で実行させた。持参してきた小型転送機には、最新式の対探知システムも搭載されている。

かれらはさらに細かいところまで話し合いを進め、最後にローダンが現在の状況をおおまかに説明した。

「わたしは仲間の助けを借りて、ここで偽装売買をおこなう予定だ。それはモノスの諜報員に対するカムフラージュとしてだ。もちろん、つねに怠らず充分注意している。わたしはヴィッダーのステーションには立ち入らない。その任務はアンブッシュ・サトーに一任する。サトーはアシスタントとしてデグルウムを選んだ。わたしにとって重要なのはモトの真珠のデータの分析だ。なかでも特にサトーが開けた開口部にあるエラートのデータが大事だ。急がなくていい。必要な注意をはらいながらとり組んでほしい。このヴェンダルで大騒ぎは起こせないからね」

ほどなくして、超現実学者はデグルウムとトマア・クレロスを連れ、装備をたずさえてヴィッダーのステーションに向かった。

かなりせっかちな性格のラランド・ミシュコムにとって、退屈な時間がまた始まった。どんなに努力しても〝ご主人さま〟フレゴル・テム・ミルの商売はつまらなかったからだ。ララはその自分の役目をガヴヴァルとシルバアトに任せた。そして自分はアルヘッとティトンとともに外部からの危険を防止すべく警備を担当した。

ヴェンダルでは本物やにせものの美術品を扱うより警備のほうがずっと退屈だとも知らずに。

＊

次の七日間は美術品の商売が繁盛しただけで、ペリー・ローダンにとってはまったく無意味に過ぎていった。かれは十二時間ごとにアンブッシュ・サトーから報告を受けとったが、毎回めぼしい進展はなかった。超現実学者はモトの真珠の内容を調べたが、決定的な突破口を開けないでいた。

ラランド・ミシュコムからの報告もかんばしくなく、疑わしいシュプールはほんのわずかでさえ見つからなかった。ローダンにとってそれは、まさしく明るい知らせだった。ここヴェンダルでじゃま者は不要だったからだ。

かれはティトンに命じてコルピト星系までの長い旅のデータを分析したが、これという成果は得られなかった。

ウマニオク、別名ズウォバス・イェンコルがかれを探し出したのは、おそらくそれなりの情報があったからだろう。そのことは、ロボットのズークース・イェンコルのデータにあった《シマロン》と《オーディン》という船名でも明らかだ。

だがCIMという名称はバイドラの別のものたちも使っており、ウマニオクと関係があるかどうかも不明だった。可能性はあったが、証明することも、完全に否定することもできなかった。

ローダンの所在をモノスが知っている兆候もない。だからといってそれは、かれのシュプールをモノスが追えないことを意味するわけでもない。沈黙を守り活動を控えることでローダンに油断させようという魂胆かもしれない。

結局のところ、確信は持てなかった。

ともかくヴェンダルにはモノスの情報提供者はいないようだし、円盤艇を徹底的に調べた結果、《イェンコル》の航行中は確かにだれも乗っていなかった。それはすくなくとも部分的成功だ。

ペリー・ローダンはさしあたり、残された不確実性のなかで生きるしかない。

惑星ヴェンダル到着から八日め、デグルウムは転送機を使って予定外の時間にホテルにあらわれた。かれはひとりでローダンに会った。ローダンはすぐにアノリーの動揺に気づいた。

「サトーはまもなくここへきます」アノリーがあたふたして話す言葉を、トランスレーターが早口でまくし立てた。「ガヴヴァルとシルバアトも呼んでください。いっしょにアマゴルタに関する新事実を知ってもらいたい。サトーは成功しました。でもわたしではなく本人の口から報告してもらいましょう」

ペリー・ローダンはその願いに応えた。ふたりのアノリーは同じ階にある美術商のショールームにいたので、ホテル内の通信システムを使って知らせた。

ラランド・ミシュコムも聞いていたのだろう、ガヴヴァル、シルバアト、ティトンといっしょにあらわれた。

「とうとう、変化があったんですね？」《シマロン》の副操縦士は食いつくようにたずねた。

「そのようだ」ローダンはうなずいた。「サトーがくるのを待っている」

超現実学者は数分遅れでやってきた。かれは無言で机の上に小型のプロジェクション装置を置き、側壁に文字をうつしだした。

ペリー・ローダンがそれを読み上げた。


スンヌ・ハジシュ・ファイル（長さ：１２ブロック）　スンヌ・ハジシュ・アマゴルタ　ゼーダン‐ラリドム‐カンタリル

ガヴヴァルとシルバアトは驚いて飛び上がると、デグルウムのところへ走り寄り、トランスレーターには訳せない甲高《かんだか》い悲鳴を上げた。完全に平常心を失い、スピーカーのまわりを錯乱したように走りまわった。

一瞬沈黙が訪れ、デグルウムが「はい」といった。「これはサトーがモトの真珠のなかに見つけたものです」

そのあと三名のアノリーが歓喜と興奮のあまり右往左往したので、トランスレーターはふたたび動作しなくなった。

「いいかげん落ち着いてください！」超現実学者が大声を出した。

アノリーは平静をとり戻して沈黙した。ガヴヴァルとシルバアトはややショックを受けたようすで自分たちの席に戻った。

「〝アマゴルタ〟について言及されていたエラート・ファイルのメモリー付近を長時間かけて探した結果、そこに暗号化された相互参照を見つけました」ようやくアンブッシュ・サトーが説明を始めた。「それはモトの真珠の別の個所を参照していましたが、これまで調べたところでは、その個所にはなんの情報も含まれてはいません。そこには、今日まで知られていないファイルがあるにちがいありません」

「エラートのサブ・ファイルですか？」とラランド・ミシュコム。

「そのようです。暗号を解読し、その個所を特定することができました。最初はファイル名とその長さ、つまり十二ブロックから構成されている〝スンヌ・ハジシュ〟というファイルであることしかわかりませんでした。わずか十二ブロック、といわざるをえないのは、すくなくとも七、八語はあったはずだったからです。ひとつのファイルは、その外枠を定義するためにすくなくとも四、五ブロックを必要とします」

「〝スンヌ・ハジシュ〟、それはどういう意味だ」ローダンが訊いた。

「〝つねに順を追うのがいい〟という意味です、ペリー。さらに労力をついやして超現実的手法を導入し、さらにヴィッダーの研究者の抜本的な支援のおかげで、ファイルの内容にアクセスできました。それをこうしてお見せしています。このなかでわれわれにとって既知の言葉は一語だけ、〝アマゴルタ〟です」

「アマゴルタのことはエラートのファイルにすでに書かれていました」と、デグルウムがつけ加えた。「これはある場所の名前なので、重視していませんでした。この名前はたくさんありますから。けれども今後はアマゴルタの意味について、まったくちがった角度から見る必要があります。このファイルは、アマゴルタの根元的な意味を詳しく解き明かしているからです」

「まずは翻訳を聞いてください、ペリー」超現実学者がうながした。「これはデグルウムが訳してくれました。〝最後の目標はアマゴルタだ。平穏‐平和‐精神的深化〟」

「この言葉はすべて、〝ロードの支配者〟の言語です」と、デグルウムはかしこまって説明した。「〝ロードの支配者〟の言葉は、わたしたちアノリーには使いこなせはしないが理解はできる〝聖なる言葉〟です。われわれが知っている語数はすくないのに、これらの言葉がわかるのは、それが〝聖なる言葉〟だからです。本来アマゴルタは〝聖なる言葉〟ではなく、すでに申しあげましたが、特定の場所の名前です。今、アマゴルタはあたらしい意味を与えられ、わたしたちを有頂天にさせています。聖なる言葉はアマゴルタにその意味を与えたのです」

「あなたのいうことが、まだよくわからないんだ、デグルウム。わたしはもとの言語とトランスレーターが話した言葉を聞いたが、トランスレーターが〝ロードの支配者〟というとき、それをきみは〝ドゥル・アイ・ラージムスカン〟あるいは〝マクラバン〟と呼んでいるね。どうちがうんだ？」

「〝マクラバン〟は〝古《いにしえ》の君主〟、〝ドゥル・アイ・ラージムスカン〟は〝ロードの支配者〟の本来の名前です。そして、あなたがもしかしてまだ理解していないのはそれでです、わが友。〝スンヌ・ハジシュ〟……ファイルのこのメッセージは、最終的に〝ロードの支配者〟が一個所に、つまりアマゴルタに撤退したというものです。かれらは当初からの計画どおり、そこで平穏と平和を楽しみ、精神的深化に専念したいのです」

「そういうことなのか」ローダンはうなずいて考えこんだ。「けれども〝スンヌ・ハジシュ〟のファイルにはアマゴルタがどこにあるのかは書かれていない。そして、あなたや〝ロードの支配者〟にとって神聖で風変わりな言葉が、どうしてモトの真珠に入ったのか、だれにもわからない」

「そのとおりです」こんどはアンブッシュ・サトーが答えた。「いずれにしてもわたしたちに重要なのは、〝アマゴルタ〟がキイワードになったことです」

「それだけではありませんよ」デグルウムはペリー・ローダンに向きなおった。「アマゴルタは今やそれ以上です。目標ですから」

「どういう意味だ？」

「まったくもって明白です」デグルウムは断言した。「ただちにアマゴルタの捜索を開始しなければならないということです」

「今後は、重要なことに集中しなければなりません」女アノリーのガヴヴァルも加勢した。

「アマゴルタはわたしたちの目標であり、あなたの目標でもあります」シルバアトは訴えかけるように両手をあげた。「そこに、すべての問題を、特にかわいそうなカンタロの問題を解決する鍵があります」

「アマゴルタ捜索がうまくいかない理由はきわめて単純だ」ローダンは冷静に答えた。

「うまくいかないとは？」デグルウムは見るからに興奮していた。「アマゴルタは目標です。つまり、あらゆることを試みなければなりません。出来ごとの源泉や根元においてのみ、負わされた傷を癒すことができます。これが聖なる言葉に染みついた信仰です。

この信仰こそ、約束であり真実なのです。それなしには始まりません」

「それは理解している」テラナーは冷静だった。少し間を置いてから、アノリーのほうを見た。「あなたがたの気持ちはわかるが、現実を見失ってはいけない。今のところ、どこからアマゴルタ探索を開始すればいいのか、わたしには見当もつかない。この場所がいったいどのようなところで、どこにあるのか、ほんのわずかなヒントさえない。あなたがたの顔にも、知らないと書いてある。行きあたりばったりで探索を始めるのか？　だめだ。やみくもな探索は、なにもしないよりひどいことになる」

アノリーは困って黙りこむと、うなだれてしまった。

「いいたいことはほかにもあるんだ、友よ」ペリー・ローダンは続けた。「わたしもアマゴルタを探す必要性はわかっている。〝ロードの支配者〟と〝ブラック・スターロード〟をめぐる秘密のヴェールをはがしたいからだ。友もわたしも、時期がきたらこの問題にとり組もう。そのときあなたがたがわたしたちをサポートしてくれるなら、これ以上すばらしいことはない。だが現時点ではそうは思えない。同じように緊急対処が必要な件で、具体的かつ実現可能なことはほかにもある。たとえば、モノスがいつでもわたしの居場所を突きとめたり、追跡したりできるのではないかという問題。あるいは、たとえ最終的にあなたがたが見たくないとしても、カンタロによる恒常的な危険についても」

三名のアノリーはまったく反応しなかった。かれらは悲しむと同時にうろたえているようだった。

「われわれの身の安全を考えてみてほしい」ローダンは意見を押しつけることなく、穏やかに話しかけた。そのほうが効果が大きいと期待したからだ。NGC7331銀河からきたあたらしい友を納得させる必要があった。「あるいは、銀河系の抑圧されている多くの種族たちのことを。あるいは、われわれの友であるヴィッダーに絶え間なく迫っている危険のことを。それもこれも現在の問題だ。アマゴルタは非常に重要だが遠く離れた目標であり、それはいまはまだ幻影だ。われわれにとって、まだ現実となっていない幻影なんだ」

「あなたのいうとおりだ」長い沈黙のあと、デグルウムが口を開いた。「わたしたちは最初、聖なる言葉に熱狂しすぎました。わたしたちのゆがんだ見方をもとに戻してくださって、あなたに感謝しなければなりません」

そのときティトンが、「転送機でだれかがやってきます」と告げた。「科学者のトマア・クレロスです」

アンティが部屋に入ってきた。かれはさっとあたりを見まわすと、親しげに迎えてくれたローダンに近づいた。

「ふたつのことがきっかけであなたに会いにきました」と、挨拶もそこそこに用件を告げた。「まず、いくつかの拠点について、アリネット経由でわかったことをお知らせします。みなさんから報告を受けた平和スピーカーの活動は、結果が出なかったわけではありませんでした。仲間による観察では、カンタロには小さな突発的な事件がいくつも起こっています。それが平和スピーカーと関係していることに疑問の余地はありません。特定の宙域でのみ生じているからです。この宙域では、予定外の飛行ルートでカンタロがいるとおぼしき惑星に着陸する、というようなことも起きています。先ほど平和スピーカーの受信宙域外から三つの報告が送られてきました。一隻のカンタロ船が三隻の別の船に襲撃されました。これも送信機と関係があるようです。このことはさらに、この奇妙なメッセージがもとの受信宙域を離れはじめていることも示しています。カンタロがそれを広く銀河系の惑星に運んでいるからです」

「わたしたちが望んでいる進化です」デグルウムは満足げだ。

「つまりカンタロが動揺しているということだな」とペリー・ローダン。「平和スピーカーの効果があらわれてきた。だがこの話にはふたつの側面がある。ひとつはデグルウムが見ているようなよい面だ。だがそれをモノスが知らないままでいるわけがないことも、見落としてはならない。この騒ぎに駆り立てられて、モノスの攻撃もさらに活発になるだろう。われわれは、モノス側の反応が激しくなることを考えなければならない。まずは、わたしや周囲にいるすべてのものに影響してくる可能性がある。このことからも、アマゴルタの探索をいま始めることはできない」

「無理な要求は引っこめます」ガヴヴァルも納得した。

「わたしたちヴィッダーも同じような考えです」トマア・クレロスはローダンの言葉に同意した。「すでにロムルスから同様の警告を受けています。ほかのアリネット通知で、あなた宛てに暗号化されたメッセージが本部から届いています。これがそのメッセージです。わたしたちでは解読できませんでした」

クレロスが手わたすと、ローダンはすぐにティトンに渡した。ティトンが胸部にあるスリットにそれを差しこむと、数秒後には解読された文が出てきた。


ホーマー・G・アダムスからペリー・ローダンへ。できるだけすみやかに、わたしとのランデヴー・ポイント、〝フォックストロット〟を訪れるよう至急要請する。必要な座標を備えた宇宙船を提供する。


ペリー・ローダンはアンブッシュ・サトーのほうを見た。

「モトの真珠の調査はどこまで進んでいる？　まだ当地の研究ステーションの助けが必要か？　わたしはすぐにでも出発したい」

「それをじゃますするものはなにもありません」超現実学者が即座に答えた。「真珠と自分の装置類をとりに行かなければなりませんが、すぐにすみます。今のところ、真珠でこれ以上実験することはありません」

「では、できるだけ早く出発しよう」テラナーが決断した。

「必要な手配はすべてわたしがします」ヴィッダーの連絡員も急いで答えた。

「すばらしい」とローダン。

「あなたのロボットを使えば、研究ステーションからサトーの機器を運んでこられます」と、アンティは続けた。「いつでも出発できる態勢にしておいてください。ホテルの支払いをすませ、あとから疑惑を持たれないように。美術商フレゴル・テム・ミルは重要なビジネスで新天地に行くと説明してください。ここの人たちは耳あたりのよい言葉をよいほうに解釈しますから。すぐに戻ってきます」

二時間後、トマア・クレロスがふたたび姿をあらわしたとき、ペリー・ローダンと同伴者はすべての準備を終えていた。四つのコンテナは梱包ずみで、手続きはひとつ残らず完了していた。アンティは全員をホテルにある公共転送機に連れていったが、この転送機は専用接続に切り替えてあった。

「宇宙船の名前は《アリシャー》です」アンティが別れぎわにペリー・ローダンに告げた。「船の外観に驚かないでくださいね。集合場所の〝フォックストロット〟まで安全に連れていってくれると保証します。この転送機は宇宙港に直行します。《アリシャー》船内ではマスクを脱げますよ」

「そろそろ時間です」ラランド・ミシュコムが口をはさんだ。「自分の池のなかにいるカエルは、地上にいるカエルの素顔だけを愛している。古いアフリカの格言です」

「これはまた！」アンブッシュ・サトーが閉口した。

転送機が全員を運んでいった。

繁殖惑星潜入計画

ロベルト・フェルトホフ

登場人物

ペリー・ローダン……………………銀河系船団最高指揮官
グッキー………………………………ネズミ＝ビーバー
ハロルド・ナイマン………………《カシオペア》格納庫チーフ
ガリバー・スモッグ………………同乗員。異生物学者。砲手
ティリィ・チュンズ………………同乗員。ブルー族
ナジャ・ヘマタ……………………同乗員。通信士
デグルウム
ガヴヴァル } ……………………アノリー
シルバアト
ホーマー・G・アダムス…………ヴィッダーのリーダー
ジャンヌ・ダルク…………………同専属連絡員。《アリシャー》船長
イッタラー……………………………カンタロ。将軍候補生

1　平和スピーカー

カンタロ。

種族の根幹から遠くはずれてしまったわれわれの同族たち。かれらが良心のとがめなく怪物になったと信じるべきなのだろうか？　われわれは、それを見、それを聞く。だがわれわれは、それを信じない。

われわれアノリーは、それを信じることができない。

われわれは、美を、美学を、科学が幸福をもたらす側面を信じている。カンタロもそれほど大きくちがわないことを、われわれはよく知っている。かれらのなかのなにかを思い出すにちがいない、もし話しかけられたなら。

そういうわけで、われわれは平和スピーカーを設置した。

かれらと話さなければならないし、連絡を断ってはいけない。そうすれば、かれらをふさわしい人生へと導く道が見つけられる。

平和スピーカーは十二の衛星と中央制御装置から構成されている。簡素な装置だが、務めは果たしてくれるだろう。

《ヤルカンドゥ》に乗って、われわれは平和スピーカーを適切な場所に設置した。テラナーはその場所をグレーノル宙域と呼んでいる。

十二の衛星が架空の球殻表面をとり囲んでいる。直径二千光年で、最大の効果が得られる。大勢のカンタロがわれわれの言葉を受信するだろう。そして考えはじめるだろう。われわれは全身全霊でそう願っている。

スピーカーの作動期間が短いことはわかっている。

やがてスピーカーは目をつけられ、破壊されるだろう。

それを思うと今から心が痛む。どんな破壊も痛みをもたらすから。それでもなお、われわれはそれに耐えるだろう。それは好ましくない兆候なのだろうか、われわれはそれに対してなにかできる立場にないのだろうか？　そうなると、アノリーに種族として残された時間は短いかもしれない。宇宙は敵意に満ちた場所なのだから、時には喪失を甘受しなければならない。心の準備をし、順応し、折り合いをつけなければならない。

編みものを編み、必要性と美しさを統合しなければならない。これがわれわれの哲学の一部だ。

デグルウム記
《ヤルカンドゥ》船長

補遺

これを読んだのは、《ヤルカンドゥ》の同乗者ガヴヴァルだった。わたしはシルバアトと同じくらい彼女に気に入られようと努めている。彼女には考えなければならないことがひとつある。われわれの故郷であるネイスクールを離れてからもう長い年月が過ぎた。われわれはユエルヘリといっしょにさすらい、ペリー・ローダンやその友たちと移動した。それ以来、われわれの美意識を満足させるようなものをほとんど見ていない。ガヴヴァルがいうには、われわれは危険な状態にある。必然性がわれわれの行動を決定する。

彼女は、われわれが物事の一面しか見ることができないという。彼女は醜さを恐れている。彼女は偉大な統合が崩れ去るのを目《ま》のあたりにしている。彼女は、われわれの頭のなかで統一がくずれるという。

わたしはガヴヴァルが間違っていることを願う。

2 《カシオペア》

「船長がきたぞ！」

その場にいる人たちの喜びの声が食堂を満たした。

「見ろよ、あの自信に満ちた動き！　颯爽《さっそう》とした歩き方！　なんという威厳だろう！」

ハロルド・ナイマンはにんまりと、したり顔になった。

「みんなありがとう！　それはそうと、きみたちはわたしの才能と能力を忘れているな。それもわたしの一部だ」かれは両手をあげ、突然謙虚な態度になって、口にしたばかりのことを否定した。「だが、《バジス》船長として心理戦にも長《た》けている。だから、これ以上自分の才能をひけらかしたくない」

「へえ、本当かい？」と、だれかが叫んだ。ナイマンは、ティリィ・チュンズの声だと思った。声の主のブルー族はどこにすわっている？　人が大勢いてわからなかった。

「本当だ！　今日のわたしは穏やかだ」

「それならこっちへこいよ、ハロルド！」

声がしたほうを向くと、食堂のいちばん奥の隅の、照明がもっとも暗い場所に友たちがいた。

ナイマンは、かなり酔っぱらってひとかたまりになっている技術者のあいだをすり抜けた。みんな冗談をいい合っていたが、ナイマンの肋骨あたりに一撃を食らわした者もいた。上機嫌の理由は、《カシオペア》船長のグンドゥラ・ジャマルが今日、乗員の半分に休みを与えたからだった。

かれらはまだヴィッダーの新基地である惑星ヘレイオスで待機しながら、無為に過ごしていたのだった。もう何週間も、なにも起きていない。船は今、安全圏にあった。

ナイマンは一発食らった個所をなでた。酔っぱらいとは関わらないほうがいい、と思った。でも、ほかになにをすることがある？　司令室に行ってグンドゥラの相手をするなんてことはないだろう。いいや、そんなことしなくていい。

かれはどういうわけか、インケニット鋼板とプラスティックとエネルギーで作られた棺桶のなかにいるような閉塞感にさいなまれていた。そろそろ休暇をとれ、ということか？　ナイマンは地球に、暖かいカリブ海のビーチとその匂いと視覚的な刺激に思いこがれた。人間として、とにもかくにも必要なことだった。

しかし、銀河系のあたらしい支配者たちは、銀河系全体だけでなくテラそのものも封鎖した。

子供たち。かれは《カシオペア》に乗船してから、どれほど子供たちが恋しいか思い知った。最初は通常任務に見えたが、何年にもわたる旅になった。

まったくちがう感情を抱くこともあった。そのときには、かれのなかの冒険家が目ざめた。

《カシオペア》は、かれが長旅に出るための完璧な道具だ。

「ハロルド！　ぼんやりしてないで、こっちへこいよ！　友の顔を忘れたか？」

ああ、そうだった、とかれは思った。そこにいたのは、きれいだが表情にとぼしい小柄なナジャ・ヘマタ、無遠慮に大笑いしている長身でヘビー級の砲手、ガリバー・スモッグ。それにブルー族のティリィ・チュンズもいた。

ティリィは今でも、ヴィーロ宙航士としてその目で見たエスタルトゥの奇蹟について夢中になって話をする。時にはまったくとまらないこともあった。しかも甲高《かんだか》い声で。

「ねえ」ナジャが上機嫌で訊いた。「わたしたちの船長はいったいどうしたのかしら？　頭痛？　カンタロが怖いの？　それともなにか別のことかしら？」

「ハロルドには気晴らしが必要なんだよ！」大騒ぎのなかでも聞こえるよう、スモッグが大声で叫んだ。「悲しい一日を過ごしたにちがいないからな。みんなで助けないと。どう思う？」

「そう急ぐなよ、危険だぜ」とブルー族。「その話に触れないのがいちばんいいと思う。

とにかくそっとしておこう」その長い首が心配そうにくねった。かれの前にはデカンタに半分ほどのテラの合成ティーが置かれている。ナイマンは何千回となく、こういうものは避けるようかれにいい聞かせてきた。ブルー族は人類の食べ物に耐性がないからだ。「かれは間違ってはいない」ナジャはハロルドのほうを疑うように見た。「かれが最後にこんな状態になった日のことを覚えてる？」

「もちろんだ！」とスモッグ。「最初は長いあいだの苦難があった。そこへ不意に、《バジス》のことが入りこんできた。われわれのハロルドが、突然あの瓦礫《がれき》の山の船長になった」

「ばかげたジョークだ」ナイマンはもうその話は聞きたくなかった。「わたしがなにをしたっていうんだ」

かれはそのときのことを思い出した。ドリフェル・ショック後の混乱のなか、ハミラー・チューブは正気を失い、《バジス》を分散化して外部の掠奪者から守った、そして、よりによってハロルド・ナイマンが、分散化後にはじめてハミラーと出会ったテラナーとなった。

だが現在は状況がちがっている。ハミラー・チューブはふたたび機能するようになり、《バジス》は分散化したパーツから再建された。それでもハミラーは、依然としてハロルド・ナイマンを船長とみなしていた。

「今回はどうなるのかしら」ナジャは心配するふりをしながら自問した。

ハロルド・ナイマンは友を不機嫌そうに見ていった。「酔っぱらっているんだな。きみたちの話にはついていけないよ。いったい、どうしたいんだ？」

「実に簡単なことよ」とナジャ。「グンドゥラが休暇をくれたのよ。数カ月ぶりに！ピンとこない？」

ナイマンは必死に考えた。とうとう根負けした。喉は渇いていなかったが、意気消沈した心を消し去るその場の雰囲気に染まっていった。

「きみたちがそう思うなら、まあいいだろう」

ガリバー・スモッグはごった返す室内のどこかから、ちゃっかり椅子を探し出してナイマンの前に置いた。

「さあこいよ、ハロルド！　グンドゥラがきみのためになにか思いつく前にね！」

観念したナイマンは席にすわった。ほかの人々と同じように、かれも不平をいわずに物事を受け入れるべきなのかもしれない。そのほうがなんでもうまくいく。

＊

ハロルド・ナイマンが目を覚ましたとき、キャビン内のあらゆるものが自分を中心にまわっているように見えた。部屋全体が巨大な、うなりをあげる独楽《こま》だった。

そのあとに記憶がよみがえった。

「あの野郎、ブルー族め」ぼそぼそとつぶやく。「代わりにあいつのお茶を飲めばよかったな」ナイマンはルームサーボに頭痛薬を持ってきてもらい、水で服用した。数秒後には楽になってきた。立ちあがって鏡をのぞく。

顔は完全にむくんでいた。

目を細めて歯をむいた。それが恐ろしい光景でなかったら、ナイマンは自分自身にぎょっとするところだ。ため息をつくとバスルームに入り、乾いた汗を洗い流した。

十分後には仕事が始まる。ちょっとした朝食をとる時間はあった。急いで全粒粉トーストを注文した。表面には膿《うみ》に似たなにかがついていたが、見た目と裏腹にすばらしくおいしい。なんといっても、このもとタルカン遠征隊にいるのはテラナーだけではない。ブルー族やテラナー以外の種族しか食べないようなものにも慣れた。

通廊では乗員仲間にほとんど会わなかった。前日のちょっとしたパーティーのあとで、まだベッドにもぐっている者もいるにちがいない。そうはいっても宇宙船の日常生活は続くし、すぐに次のパーティーが開かれることはないだろう。

カシ＝2は小型のスペース＝ジェットだ。かれらはそこで会う約束だった。

格納庫で会ったナジャ・ヘマタは、ナイマンと同じくらいひどい顔つきだった。

「おはよう」

「おはよう」

「今日は口数がすくないわね？」

「しゃべったほうがいいのか？」ナイマンは苦しそうに答えた。「昨晩の……」

「無理しなくていいわ。丸一日休養できるのよ。もちろん勤務中に」

ガリバー・スモッグはすでにきていた。砲手兼異生物学者に変わったようすはない。百十キロの生体重量で、どんな苦労もたやすくこなしてしまう。いずれにせよ、〝エルトルス人〟というあだ名をもつテラナーはいつもどおり寡黙だった。

ティリィ・チュンズは少し遅れてきた。ノーマン・スペックは参加しない。言語学者は司令室で仕事なのだ。

「全ステーションは正常か？」と、かれがたずねた。

報告は定例で送られてくる。同様に、かれは定期的に艇のシントロニクスに準備状況を報告していた。なんであれ、なにか起こったとき、カシ＝2はただちに出動できるだろう。

数秒後、テレカムがけたたましい音をたてた。

「こんどはなんだ」ナイマンは怒ったようにつぶやいた。かれはふたつめのシートを引っ張り出して、その上に足をのせたところだった。

もう一度けたたましい音がした。

「応答したらどう、ハロルド」ナジャがひねくれたほほえみを浮かべた。

「わかったよ。こちらカシ＝2艇長ハロルド・ナイマン」

相手がだれかすぐにわかった。遅れて出たことを後悔した。

「こちら、グンドゥラ！」厳しい声が響いた。「なにか問題があるの、ハロルド？　わかってる！　きのうわたしが愚かにも許可してしまったパーティーにいたわね。わたしのいちばん大事な搭載艇の艇長がなんというていたらく？」

「でも、グンドゥラ……」

「問答無用よ！　むしろ、どうやって自分を律するか考えたほうがいいわね。五分後に話がしたいの。ここ司令室で！」

即座に接続が切られた。

ナイマンは周囲を見まわしたが、ナジャ・ヘマタもガリバー・スモッグも肩をすくめるだけだった。だれも事情を知らない。急いで司令室に行き、船長本人にたずねるしかなかった。

＊

「なんて哀れな姿なの、ハロルド・ナイマン」

彼女は、まるで売られているペットを品定めするように、かれのまわりをまわった。

「すみません、グンドゥラ。本題に戻りましょう。なにが起こったのですか？」

「そう急がないで」彼女の口調が急に冷淡になった。「いったいどうして、よりによってあなたが必要だというの？　あなただけじゃなく、ほかにティリィ、ナジャそしてガリバーもいたでしょう？」

「いったいなんの話でしょう？」

「なにもいわないで！　察しはついているから」

ナイマンは自分から席にすわり、彼女の拒むような視線を跳ね返した。

「グンドゥラ、わたしと話したいのなら、理解できるよう説明してください。そうでなかったら、わざわざここにきませんよ」

一瞬、船長はショックを受けたように見えた。ところがすぐ、どこか男っぽい角ばった顔にうっすら笑みを浮かべた。

「あなたのいうとおりね、ハロルド。でも、わたしが謝るとは思わないで」

「とんでもない、グンドゥラ。わたしを呼んだ理由を教えてください」

「不思議な話よ。どうしてそうなったのか、本当に不思議。一時間前に通信メッセージを受信した。キャンベルという小惑星からきたもので、ペリー・ローダンが署名している」

「なんと！　かれはなにがしたいのでしょう？　わたしに関係あることでしょうか？

わたしに《バジス》の指揮を執れとでも？」

グンドゥラ・ジャマルは、その厚顔無恥さにショックを受けたようにかれを見つめた。

「ばかばかしい。その体調では、カシ＝2の指揮さえ執れない」

「それとこれとは別でしょう」

「残念ながら、確信を持って否定することはできないわね。ローダンにはよく思われているようだけど。わたしは《カシオペア》をキャンベルに向けて出発させるよう、要求を受けとった。キャンベルは小惑星。そこであなたと仲間が必要だというの。ペリーはナジャ、ガリバー、ティリィ、そしてあなたを任務に帯同したがっている」

「帯同？　ペリー自身もいっしょに？」

「そのようよ」

「では行きましょう！」

「わたしをなんだと思っているの？」気分を害したグンドゥラ・ジャマルがいい返した。

「《カシオペア》はもうとっくにハイパー空間を航行中よ」

「完璧です。わたしはペリーがその小惑星でなにをしたいのか、どうやって小惑星にたどり着いたのかが知りたいだけです」

船長は肩をすくめた。

「それはわたしも知らない。ローダンがなにをしているのか、われわれのような小規模船の上層部ごときが、正確に知っていると思う？　だからわからないのよ、よりによってあなたたちといっしょに、いったいなにをしようとしているのか」

「わたしは知っていますが」と、ナイマンは嘘をついた。「でもあなたにそれを漏らすことはありません」

3 《アリシャー》

かれらはまだ、マスクをつけて航行中だった。フレゴル・テム・ミルと名乗る男は裕福な美術商で、ビジネスの旅を続けている。この銀河のこの宙域は、比較的自由に移動できた。検査・検問は常時あるものの、商人が特に人目を引くことはなかった。

部下としてアンブッシュ・サトーと《シマロン》の副操縦士ランド・ミシュコムが同行し、モトの真珠を隠し持っていた。そのほか、三人のアノリー、ガヴヴァル、シルバアト、デグルウムもいっしょだった。かれらは間接的な原因で急に出発することになったのだった。

ホーマー・G・アダムスは、〝ヴィッダー〟の情報システムを通じて驚くべき情報をかれらに送っていた。アノリーの平和スピーカーにはじめて効果があらわれたのだ。カンタロのあいだに不穏な空気が渦巻いており、いつ行動がおきてもおかしくない状況だった。そうなると、いつまでも惑星ヴェンダルに腰を据えているわけにはいかない。どこか別の場所で銀河系の運命が決まるかもしれないのだ。

「ここではどうにもならない」ローダンは決断した。「出発しよう」

ローダンを先頭に、みんなで展望塔をあとにした。訪れる者たちの流れが、幅の広い正面入口から宇宙港まで誘導されている。側面にあるレンズとマイクが、あらゆる言葉、あらゆる身ぶりを監視していたが、ローダンに不安はなかった。ひと目で注意を引くような疑わしい点がかれらにあったとしたら、ここにくることさえ無理だっただろう。

「あのうしろにインフォブースがありますよ、フレゴル！」

アンブッシュ・サトーは腕を伸ばし、プラスティックでできた小さなニッチを示した。なかは見えるが、内部は防音されている。

「わかった」とローダン。「きみたちはここで待っていてくれ。わたしは運試しをするよ」

ローダンはニッチに足を踏み入れた。そこには操作エレメントをいくつか備えたボックスがひとつだけ吊りさげられていた。かれは躊躇《ちゅうちょ》することなく受付ボタンを奥まで押しこんだ。

「どんなご用でしょう？」

年齢不詳の女性の人工音声だった。

「わたしは美術商フレゴル・テム・ミルだ。《アリシャー》という名の宇宙船を探している」

「目的は？」

「部下と共にヴェンダルを離れようと思う」

少し間があいた。当然ながら、このキイワードで上位レベルに切り替わり、応対が引き継がれて会話が続いた。

「ビジネスは順調でしたか？」その声は口調を変えずに質問してきた。

「それについては、わたしに情報提供の義務はない」

「了解しました。こちらが宇宙港の見取り図です。このなかに《アリシャー》の現在位置が記されています。離発着があるため、詳細はつねに変更されることにご留意ください。よい旅を、フレゴル・テム・ミル」

「ありがとう」

ローダンは数秒待つだけでよかった。

ボックスの下部にあるスリットからカラー印刷された配置図が数ページ出てきた。ローダンはニッチから出ると、笑顔で仲間のところに戻った。

「終わったよ。さあ、探しに行こう」

＊

見取り図はわかりやすかった。駐機している大型の宇宙船がシンボルマークで示され、一定間隔で立っている柱が目印になっていた。わずか数分で、かれらは船の位置が示された場所に到着した。

「これはいったい？」ラランド・ミシュコムはそういうと絶句した。

「見取り図が間違っているのかもしれません」男アノリーのひとり、デグルゥムが答えた。もちろん、かれが本心を漏らすことはない。かれの種族が備える典型的な性質に縛られていたからだ。だがその簡単な言葉にすべてがあらわされていた。

これは《アリシャー》ではないだろう。

「慌ててはいけない」ペリー・ローダンはなだめるようにいった。かれは今なお商人の役割からはずれていない。「フレゴル・テム・ミルの手配が不首尾だったことが一度でもあるか？　これが《アリシャー》だというなら、そうなんだ」

「そのとおりです、フレゴル！」女アノリーのガヴヴァルが同意した。彼女は数歩さがって、船の上部にあるふくらみを指さした。「あの上に、テラ語の文字があります」

アンブッシュ・サトーは彼女に近づくと、両手を目の上にかざした。「本当だ……」

小柄なテラナーが確認した。「Aが見える。次の文字ははっきりしないが、Lかもしれない。その次は明らかにIだ！……《アリシャー》だ」

ローダンはしだいに確信を深めていった。この船は何光年もかけて、未知の目的地へと向かうだろう。すくなくとも、途中で完全に崩壊しなければ。

その宇宙船は、伸縮自在の不安定な十本の支柱上に、バランスをとって逆さまにした卵を置いたような構造になっていた。船体に穴が開いているように見えるのは舷窓だ。船体には深い亀裂がはしっている。小隕石によって無数のクレーターが形成されていた。船の高さは百メートルほど。中央部にはさびついた船体からエンジン部分が盛り上がっている。黒ずんだ個所が多数あり、一定の間隔で並んでいた。だがローダンが気にしたのはそこではなく、塗料の残滓《ざんし》が付着したままで、一定の間隔がとぎれている個所だった。

インパルスモーターが何カ所か、明らかに故障していた。

「そうひどくはないな」とローダン。「わたしのビジネスパートナーは信頼できる。思いきっていこう！」

かれの言葉には真実味があった。この船はホーマー・G・アダムスが送ってよこしたのだ。もしも抵抗組織ヴィッダーのリーダーが《アリシャー》の状態が悪いと判断したなら、この船をよこさなかっただろう。

「さあ、行こう！　乗船するんだ！　時は金なり！」

かれらは歩いて船体の下に消えていった。突然頭上でハッチが開いた。ローダンは牽引ビームに捕まって自動で引き上げられるのかと思ったが、代わりに梯子《はしご》がおりてきた。

「信じられる？」

ラランド・ミシュコムはあんぐり口を開いたまま上を見つめた。ローダンは彼女が間違いなく《シマロン》を恋しがっていると思ったが、最初に梯子に足をかけたのは彼女だった。

「待っててください」とララ。「この梯子がわたしの体重を支えられたら、ここにいる全員大丈夫ですから。水牛が行くところにはどこだろうと、ガゼルがいる場所がある。古いアフリカの格言です。覚えておいて」

見るからに太りすぎの彼女が、かつて《シマロン》で親しみをこめてからかわれたことを、ほのめかしたのだった。

「さあ、行くんだ、ララ！」

梯子段がきしむ音が大きくはっきり響いた。動くたびに得体《えたい》のしれない塊りがぽとぽと落ちた。磨滅した金属かもしれないし、単なる汚れかもしれない。ラランド・ミシュコムは数段のぼったところで躊躇したが、すぐにとまることなくのぼっていった。「安全だと思います。フレゴル、わたしに続いても大丈夫です」

まずローダンがあとに続いた。

かれは最後にもう一度、宇宙港と惑星ヴェンダルを振り返り、もうここに戻ることなどないだろうと思った。

＊

「だれか、聞こえるか？」

飾り気のない通廊にかれの声がこだました。ここでも剥落《はくらく》や芥塵《かいじん》が足にまとわりついた。ペリー・ローダンが予断なく観察したところ、設備に損傷は見あたらなかった。

そうはいってもここはからっぽの格納庫だ。

ほかのセクションではようすがちがうかもしれない。

「親愛なるお客さま！」突然、声が響いた。声は近くにあるハッチの上にとりつけられたスピーカーから出ていた。どことなく女性の口調に思えたが、ローダンには確証がなかった。

「みなさまに歓迎の意を表します。《アリシャー》は高性能の船で、そのことはすぐにお気づきいただけると思います。本船を信頼し、安心してご乗船ください。数秒後にはヴェンダルを離れます。矢印にしたがってお進みください。司令室でお会いしましょう」

わずかな、かろうじて感知できる程度の揺れがフロアをはしり抜けた。なにかがきしむ音がしたが、ローダンはそれがまったく重要でない部分だと瞬時に確信した。もし《アリシャー》の内装が外観の印象と同じであれば、そう簡単に離陸が成功するはずがない。

「こんどはなにごと？」ラランド・ミシュコムが訊いた。彼女はまだ不気味に感じているようだ。

「いわれたようにするのがいちばんだろう」ローダンは腕を伸ばし、いちばん近い方向矢印を示した。「あのうしろに反重力リフトがあるはずだ」

「リフト？」《シマロン》の副操縦士は皮肉をこめて訊き返した。「あるとしたら梯子でしょう。またわたしがモルモットになるわけですね」

「心配するな、ララ。ホーマーがこの船をよこしたんだから、大丈夫だよ」

「詳しく見てみましたが、わたしも同じ意見です」アノリーのシルバアトがうなずいた。「これまでのところ、予期しない事件は生じていません。わたしの計算では、今しがた大気圏を離脱したところです」

ローダンはその言葉に疑問を持たなかった。どうやって知ったのかは不明だが、アノリーは三人とも根拠のない推測はしない。

かれらは黙って進んでいった。

実際、次の角を曲がると反重力シャフトが開いていた。次々に反重力に身を任せ、全員が静かに上昇していった。シャフトは司令室に続いている。ローダンはシャフトから出ると、満足そうに設備を細かく観察した。《アリシャー》の中心部では最新技術がプロセスを自動制御している。先ほどのシルバアトの発言を巨大なパノラマスクリーンが裏づけた。船はちょうど最初の超光速段階に入ったところだった。

「どうです？　驚きましたか？」

ペリー・ローダンはくるりと振り返った。すでに最初の一語でさっきの声だと気づいた。

ひとりの女性がシートから身を起こした。美人というわけではないが、不思議な魅力をはなっていた。その大きな黒い瞳を通して、まるで周囲の環境を吸いこんでいるようだ。ローダンがたじろいだのは、その瞳だった。

ひと目見てゲシールを思い出したが、頭から振りはらった。瞳以外はすべて、ゲシールとちがう。弱々しく華奢《きゃしゃ》な体型、丸刈りにした頭、平坦な胸。

それでもかれは、彼女のオーラから逃れることはできなかった。

「わたしはペリー・ローダン。こちらは仲間のランド・ミシュコム、ガヴヴァル、アンブッシュ・サトー、デグルウム、そしてシルバアトだ」

「うかがっていました」

「歓迎してもらえるといいのだが」なぜそんなことをいったのか、ローダンはわからなかった。ひとこととよけいだ。

女性は一瞬ためらったが、目から顔全体に笑みがこぼれた。

「もちろんです。最初にそういいましたわ。ところで、わたしのコードネームはジャンヌ・ダルクです。ジャンヌと呼んでください」

「それは呼びやすい名ですね」ラランド・ミシュコムはシートに身を沈め、大きくため息をついた。「信頼できる人でよかった。熱いシャワーを浴びて少し眠るというのはどうかしら？」

アンブッシュ・サトーとアノリーも同意見だった。ジャンヌは居住エリアへの行き方を説明し、《アリシャー》の設備全体の使用許可を出した。数秒後、司令室はローダンとジャンヌのふたりだけになった。最初かれは疲れきったようすで、散らばる星々が形の定まらないグレイに変わっていくスクリーンを眺めていた。船はハイパー空間にあった。

ジャンヌはもとのシートにすわった。

「そのコードネームはどこからとったのかな？」と、ローダンはたずねた。「この時代にジャンヌ・ダルクという名を知っている人はそういないはず。歴史を研究していたとか？」

「まったくしていません」彼女の笑顔はさらに明るさを増した。「この名前は共通の友から聞きました。かれは一度、あなたのことを話してくれました。この名前を聞いたら、きっとあなたは驚くと。もちろん、あなたに会えたらの話ですが」

「共通の友とは?」

ローダンは驚いて目を見開いた。

「もちろん、ホーマーです。ほかにだれが?」

「個人的にコードネームを選んでもらうほど、かれと近しいのかな?」

ジャンヌは謎に満ちた笑みを浮かべるだけだった。

ローダンは怪訝《けげん》そうにその顔をのぞきこんだ。眼が似ていることにますます心を引かれたが、それを振りきるように、剃られた丸坊主の頭と少年のような身体に視線を移した。ちがう、彼女はゲシールではない。

ローダンは彼女のほほえみの意味を理解した。ジャンヌはその瞬間に幸せな時間を思い出していたのだと、どういうわけか確信した。だからかれには、彼女のことをこんなふうに分析して観察する権利はない。

「ホーマー、ホーマー」ローダンはつぶやいた。「きみにそんなことができるなんて、だれが信じただろう?」

ジャンヌは怪訝そうに顔を上げた。「なんですって? なんのことでしょう?」

「なんでもない」ローダンは笑顔で答えた。「どのみちだれかが興味を持つようなことはなにもない。代わりに別の話をしよう。この旅がどこへ向かっているのかを知りたいね」

*

「それで？　わたしの専属連絡員はあなたの面倒をよく見てくれましたかな？」

そこは上品に整えられた仕事部屋だった。ふたつの装甲プラスト窓から外の景色が見える。一面クレーターでおおわれ、遠くで星々が鈍く輝く荒れ地だ。人間のステーションがあることを示すものはなにもない。

ペリー・ローダンは不安げに不気味な光景から目をそむけた。だがその困惑も一瞬で、そこから先は、部屋にいる全員が第二の男に注目した。

「それについてはなんの不満もないよ」と、かれは笑顔で認めた。「ホーマー、きみは彼女のホストとしての能力を知っていたんじゃないのか」

「そうですね」第三勢力の初期のころからローダンの仲間である小柄な男は、ほとんど聞こえないほどのため息をついた。「ですが、ホストとしての能力だけではない。彼女は優れたスペシャリストでもある。ジャンヌはわれわれのためにその役割をしっかり果たしてくれましたよ」

「わかったよ、ホーマー、もうその話はやめよう。われわれが無事到着できてうれしいよ」

かれらは《アリシャー》のメモリーでこの小惑星の座標をみつけた。それは単なるコードネームで、つまりはランデヴー・ポイントの〝フォックストロット〟だった。フォックストロットはヴェンダルから一万九千六百光年、フィリング星系からは二百六十光年離れていた。

周囲には恒星も惑星もなく、恒星間の空虚空間だ。ただし、クロノパルス壁はさらに外側のもっと遠くから始まっている。

ランデヴー・ポイントで、かれらはこの小惑星を見つけた。恒星もなく、大気圏という外被もない迷子星。《アリシャー》が速度を調整し、ローダンたちは転送機を使って岩塊の内部に飛びこんだ。太陽系帝国時代、ここには秘密のUSO基地があった。フィリング星系のそばにあり、当時きわめて評判の悪かった自由交易惑星レプソも近かったからだ。

だが、やがて政治情勢が変化した。大群が銀河系を襲い、ラール人がやってきて、人類の惑星は奴隷制度に支配された。この小惑星はしだいに有用な基地ではなくなり、現状のまま放棄されることとなった。

当時からすでにこの小惑星はキャンベルと呼ばれていた。今になって改名する理由はない。いずれにしてもヴィッダーは別の問題で手いっぱいだ。

「本題に入ろう、ホーマー」ローダンはシートに身を沈め、自動供給装置にドリンクを注文した。「われわれはメッセージを受けとってすぐに出発した。いったいなにが起こったのか教えてもらいたいね」

　小柄な男はほほえんだ。

「もちろんです。ですが、ちょっと待ってほしい」

　アダムスはテーブルのへりに隠されたスイッチを探した。突然、装甲プラスト窓が消え、クレーターだらけの景色の代わりにふたつのモニターがあらわれた。左側は銀河系の図解。右側はまだ暗いままだ。

「どうですか、ペリー？」同時に小さな赤い光の点がきらきら輝いた。「これは抵抗組織ヴィッダーの最重要基地です。われわれはここから対カンタロ戦を指揮する。この黄色い点は、銀河系の最重要惑星を示しています。オポジット、オリンプ、アコン、アルコン、ガタスなどです」

「わかったよ、ホーマー。見当はつく」

「よかった。この緑の点はテラ……」

「あるいは、われわれのかつての故郷があった場所だ」

「まあ、そうですな、ペリー。わたしは、テラが空間的に移動したのではなく、一種の時空断層のうしろに消えただけだと考えています。ほかに気にかかることもある。白い線を見てください。これらは、いま現在銀河系でもっとも重要な航路です」

「なぜ太さがちがう？」

「太さは交通頻度をあらわしています。しかも特定の通行、つまりカンタロ船の動きをね」

「ヴィッダーが知るかぎり、ということだな」ローダンはシートでくつろぎながら、複雑な画像をじっくり眺めた。

「もちろんですよ、ペリー。しかし、あえていわせてもらうと、われわれの数字はほぼ正確です。次にふたつめのスクリーンを見てほしい。驚くべき展開ですよ」

ふたつめの窓は、さまざまな色の点や線、星の模様で埋めつくされていた。しかし、最後の最後に変化があらわれた。最初ローダンにはなんのことかわからなかったが、ちょっとちがうことだけはわかった。

「白線の太さですよ」アダムスがヒントを出した。「そこに注意して。ありえないほど差があるでしょう？」

ローダンは目を閉じて考えこんだ。

「確かに。ホーマー、これはあれだな。この画像の日付はいつだい？」

「最初の画像は平和スピーカー設置前の状況を示しています。ふたつめは設置から四日後。関係性は明らかですな」

「そうだな。つまりカンタロは船の移動を大幅に減らしたということか？」

「そのとおり！」アダムスは前のめりになり、勝ち誇ったようにローダンを見た。「われわれは成功したのですよ。カンタロは絶対必要な飛行だけに絞っています」

「それで？　シントロニクスの分析はあるのか？」

「ありますよ。われわれは、アノリーのメッセージは本当に効果があったと考えています。カンタロのあいだに動揺が広がっている。モノスはかれらの忠誠心が失われないかと恐れて……子分の手綱を引き締めている。わたしが百年以上待ち望んでいたチャンスです」

「それがどういう意味かわかるか？」

「もちろんですよ、ペリー。いまこそ、われわれが主導権を握れる。この状況から、確実になんとかできるはず」

「では、きみは？　きみはどう対応する？」

「まずは準備に専念します。組織の全戦力を集め、銀河系の複数地点に戦略的に配置しました。実は《アリシャー》は単独で航行する最後の船でした」

「画像を見せてもらえるかな？」

「もちろんです」アダムスはもう一度かがんで別のボタンに触れた。約五十個の緑の点が表示された。「モノスはなんらかの方法で反撃に出るでしょう。それは覚悟している。なにかやるにちがいないですからね。だがそれがどこであろうと、われわれ組織の船はただちに現場へ到着しますよ」

「いいじゃないか、ホーマー。前提条件はそろった。あとはすばらしいアイデアだけだ」

「あなたにはもうあるのですか？」アダムスが驚いてたずねた。

「せいぜいが、ひらめきの火花がひとつといったところだがね」ローダンは素っ気なく返した。「もう少し考えさせてくれ」

「もちろんですよ。ここキャンベルでは、あなたは安全です。時間はたっぷりありますからね」

スクリーンが消えた。外の景色はまた、真空の、砂漠のように荒涼とした風景に戻った。ローダンは旧友の言葉を思い返した。時間はたっぷりある……本当にそうだろうか？　それともむしろ、判明した敵の弱点を、時間をおかずに突くほうがいいのではないか？

星系の権力は依然として、巨大で揺るがない堅牢な塊りとして存在している。せいぜい片隅が一個所くずれただけだ。

「きみは間違っているよ」とローダン。「確かに、わたしはフレゴル・テム・ミルの格好をしていた。そして、モノスがわたしを見失ったように見える。だが、だれがそれを百パーセント信じるだろう？　いや、わたしはキャンベルにとどまらない。あまりにも危険だ」

「もう出発するのですか？　ペリー」アダムスは心底落胆したようすだった。

「今すぐではないよ。まずは、なにか手立てを見つけなければならない……カンタロに近づくなんらかの方法をね。でも、それが手に入りしだい、わたしはここを出る。忘れるなよ、ホーマー。わたしは生きた時限爆弾かもしれないんだ」

＊

同日、ふたりはもう一度会った。

「いい知らせがありますよ、ペリー。ヘレイオスから届きました。たった今、情報システムのアリネット経由で送られてきたんです」

「《ペルセウス》からか？」

「あなたはなんでもお見通しですな、ペリー」

ローダンはうれしそうに笑った。

「いや、単なる推測さ」

「それは本当ですか」ホーマー・G・アダムスは信じていないふりをしてローダンを見た。「《ペルセウス》と《カシオペア》に最新技術が搭載されたという知らせを受けとりましたよ。その内容は、新型メタグラヴ・エンジン、最大六千八百万の超光速ファクター、最高の攻撃・防御兵器、マキシメックス、そしてもちろんヴァーチャル・ビルダーだそうです」

「つまり、《シマロン》や《オーディン》と同じ装備か？」

「同じ品質です。平均的なカンタロ宇宙船と互角に戦えますよ」

「すばらしいよ、ホーマー……」ローダンは心ここにあらずといった風情《ふぜい》でぼんやり相手を見ていたが、すぐに、ある決断をくだした。「頼みがある。アリネット経由でヘレイオスに指示を出せるか？」

「もちろんです！」

「では、次のように命じてくれ。《カシオペア》は大至急ここへくること。ハロルド・ナイマン、ガリバー・スモッグ、ナジャ・ヘマタ、ティリィ・チュンズをよこしてほしい」

アダムスは驚きを隠さなかった。

「《カシオペア》？　そして、よりによってその四人？　どういうことです、ペリー？」

「簡単さ。われわれはただちに出動しなければならない。それは確かだ。そのためには何人か、オールラウンドの才能が必要なんだ」

「あなたがひとりでくだした決断ですからな」アダムスは機嫌を損ねて文句をいった。

「了解しました。そのように命じましょう」

「ホーマー！」ローダンは旧友の肩を抱き寄せた。「信じてくれ、わたしはまだどうするか決断していない。それにひとりで決めたりしない。信頼してくれ。その時がきたらいちばんにきみに知らせる。きみのアドバイスなしに、わたしはなにもできないからね」

4　アノリー

それから二時間後、その時がきた。

デグルウムはだれもいないコミュニケーション室でテラナーと会った。

そこにはアノリーの体型に合ったシートがいくつかあるだけだ。デグルウムはその長い身体を、いちばん近くにあるシートクッションに注意深く沈めた。年齢は数百歳なので、ガヴヴァルやシルバアトより慎重に行動している。

左の耳たぶには、他人にはほとんど見えない小さな水晶が埋めこまれていた。かれはこの装置を自分の〝アドバイザー〟と呼んでいる。重要なことを決めるための高性能マイクロコンピュータだ。

今回もこれを使用する。

かれは人類のメンタリティにまだなじみがないのだ。いったい、こんな未開の若い種族に関わり合うことのできるアノリーがいるだろうか？　というわけで、アドバイザーがいてくれて大いに助かった。最終的にはペリー・ローダンと話をすると決めた。

「こんにちは」と、テラナーが挨拶した。

デグルウムにはその声が硬くとぎれとぎれの音に聞こえたが、トランスレーターが同時通訳してくれた。

「こちらこそよろしく、ペリー・ローダン」

「どういう用件でしょう？」

「わたしたちは《ヤルカンドゥ》に連絡しました」

「《ヤルカンドゥ》に？」テラナーは驚いた。「あなたがたの船ははるか彼方だ！　恒星カネラの対探知システム範囲にあるのに！」

「ええ、それは承知しています」デグルウムはアドバイザーと短く通信し、相手の意図を探っていた。「今わかりましたよ、ペリー・ローダン。なぜわたしたちが通信できたのか、あなたは不思議に思っているんですね。でもできたんですよ。それについては、これ以上の情報はさしあげられません」

「いいでしょう。ではその通信で、どんな結果になったのか？」

「平和スピーカーに関することです。わたしたちは、中央ユニットと十二の衛星を設置し……」

「ええ、それはわかっている」

「ただし、四つの衛星はもう作動していません。おそらくその星系の宇宙船に見つかって破壊されたのでしょう」

「それは知らなかった」

「わたしを信じてくださって大丈夫です。情報は正確です」

「それで？　あなたがたはなにをしようというのか？」

デグルウムはテラナーの姿を注意深く見つめた。ローダンの目には明らかに拒絶の表情があった。まるでデグルウムの意図がなにか、すでに察しているかのように。

「どんな状況か、わたしたちは自分の目で見ようと思っています。もしかしたら、あたらしい衛星と交換するかもしれません」

ローダンは両手を広げ、お手上げだというしぐさをした。

「わたしはそれを恐れていた。けれどもわたしはあなたがたアノリーに指図はできない」

「そのとおりです」

「だが、四つの衛星破壊が罠かもしれないことはわかっているのか？」

「それは予想しています」

「もしわたしがモノスだったら、衛星が破壊されるたびに戦闘艦隊で待ち伏せする」

「あなたは《ヤルカンドゥ》の強さをご存じでしょう」

「ああ。だからわたしはあなたがたの行動に横やりを入れるつもりはない」

「なんですって？」

デグルウムはいぶかしそうに背筋を正した。かれのトランスレーターは、横やりという聞き慣れない表現を訳していなかった。

「わたしはあなたがたのじゃまをするつもりはないといったのだ」ローダンはいいなおした。「ただちに《シマロン》と《オーディン》に命じてこちらへこさせる。あなたがたは《ヤルカンドゥ》をシンクロン制御にするといい」

「たいへん結構です」とデグルウム。「わたしたちの計画にぴったりです」

「これでもう問題はないか、デグルウム？」

「はい」

「それでも、ひとつだけ知っておいてほしいことがある。この件は、わたしの気が進まない。これは罠だ。そう感じる」

デグルウムは理解できないという顔でテラナーを見た。

「どんな疑念があるのでしょう、ペリー・ローダン？　あなたはなにも決断していません！」

「あなたには理解できないだろう。テラナーはアノリーとはちがうのだから」

「ええ、それは知っています。あなたがたの思考には効率性が不足しています」

テラナーは笑ったが、なぜ笑うのか、デグルウムにはわからなかった。

＊

「見てごらんよ、ガヴヴァル！」

かれはラウンジの大型スクリーンの前にすわり、星々を背景に動きまわる黒い影をじっと見つめた。あやうく興奮に身をゆだねそうになったが、すぐに自制心をとり戻した。ガヴヴァルは落ち着いた足どりで近づいてきた。彼女のうしろにはよき友でありライヴァルでもあるシルバアトがいる。

「これが船よ」ガヴヴァルはまったくの平常心だった。ただその目だけが、磨かれた水晶のようにきらめいている。

シルバアトは自分のてのひらに埋めこまれたマイクロ探知システムを確認した。「まんなかの船が《ヤルカンドゥ》だ」

かれにも見えている。デグルウムは、堂々とゆっくり近づいてくる影から目を離さなかった。突然、基地のどこかでサーチライトが光った。船は一瞬でぎらぎらした光に包まれた。

半月船はそびえ立っているように見える。フォルムと実用性が統合された《ヤルカンドゥ》の格別な美学と比べると、テラナーの船は粗野で醜悪なものに見えた。

「ペリー・ローダンは約束を守った」とデグルウム。

「じゃあ、出発できるね？」シルバアトはふたりをいぶかしそうに見た。

「ええ」女のほうのガヴヴァルが答えた。「もうここに用はないわ。船の環境は、わたしたちにはいい影響を与えてくれる。精神的なバランスをとり戻す助けになるでしょう」

デグルウムはそれに対してなにもいわなかった。アノリーは立ちあがって通廊に出た。かれらはいっしょにフェリーに乗りこみ、《ヤルカンドゥ》に移った。

ガヴヴァルは正しかった。

慣れ親しんだ環境にもどったことで、かれはヴェンダルや《アリシャー》の時と同じようにキャンベルでも苦しかったことを自覚した。半月船の美しさのなかを無重力状態で滑走しているような、美意識でできた雲の上を漂っているような気分だった。

かれの心は司令室で落ち着いた。デグルウムは、仲間のふたりがなにも気づいていないことを祈るばかりだった。ふたりはかれの精神的安定を疑っているかもしれない。だが、ガヴヴァルとシルバアトも同じ状態にあることに、なんとなく気づいてもいた。

「わたしたちはどうすればいいのだろう？」

「決めておいたとおりに進めよう」とシルバアト。

「そうね」と、ガヴヴァルも同意した。「平和スピーカーへ向かうコースを」

いた。

＊

デグルウムは残っている衛星の位置を突きとめた。そのうちの八つは直径二千光年の球殻表面上に分散し、予測不能な動きで円を描きながら今も作動している。予測不能といっても異人とカンタロにとってであり、《ヤルカンドゥ》はコースデータを把握していた。

四つの衛星はいつ機能を停止したのか？

デグルウムはそのデータも算出ずみで、日時と座標も含まれていた。こうしてかれは、最初の中間目標に到達した。そこは小さな宙域で、あらゆる恒星や惑星から遠く離れたところにあった。まずはそこから捜索を始めることになるだろう。

かれらは一日でその座標に到着した。

三人のアノリーは司令室から作戦をコントロールしていた。

いつ攻撃されてもおかしくない。だが《ヤルカンドゥ》はプログラミングされており、たとえ奇襲攻撃があってもかれらが苦境に立たされることはないだろう。相手がよほど優勢であれば別だが、それには相当数の永遠の船が必要だ。正体不明のモノスも戦力のほとんどを派遣し続ける余裕はない。

「ここよ！」ガヴヴァルが知らせた。

デグルウムは彼女の声や抑制された力、外部から突然降りかかってきた事件への完璧な対応を尊敬していた。「スクリーンにうつすよ！」シルバアトが急いであちこちのスイッチを操作した。

そこでデグルウムが見たのは瓦礫の山の概略図だった。それは外側を光速の半分の速度で漂っている。

「間違いない」とデグルウム。「われわれの衛星だ。調べようか？」

「むだですよ」シルバアトが見放したように答えた。「見てください、粉々に砕かれています」

「ひどいやられよう」ガヴヴァルも同意見だ。「わたしたちの目的と関係があるものは見つからないでしょう」

「あたらしい衛星を設置しますか？」

「いいえ」そういってガヴヴァルは不服そうにシルバアトを見た。その視線はデグルウムをひそかに喜ばせた。このままいけば、かれはまだ彼女の歓心を買えそうだ。「もっと詳しいことがわかるまで待つことにしましょう」

デグルウムはその判断にうなずいた。「わたしもまったく同感だ、さすがだね、ガヴヴァル」かれはなにもない近距離探知スクリーンを最後に一瞥《いちべつ》し、ふたたびスタート命令を出した。

＊

約三百光年の区間にかかったのはわずか一時間。

「通常空間への復帰！」デグルウムが知らせたが、次の瞬間、自分の言葉がよけいだったことを悟った。ほかのふたりもスクリーンを見つめていた。

「衛星はどこ？」

シルバアトが位置探知表示を操作したが、なにも見つからない。

「あれよ！」ガヴヴァルは、一定の速度で漂流するごく小さな粒子の雲を見つけた。

「密度が低い。瓦礫エリアの直径は十光分だ。質量から判断してわたしたちの衛星に間違いない」

「まあ、その名残だがね」と、デグルウムがつけたした。「これをなんとかできるとは思えないが」

「ともかく、破壊されたことは間違いないわ」とガヴヴァル。「それがわたしたちの調査の最低目標だから」

「そのとおりだ。でもわたしは……」

《ヤルカンドゥ》のコンピュータがデグルウムの言葉をさえぎった。けたたましい音を立てて警報を発したのだ。響きわたる音で、それが喜ばしい出来ごとではないとわかる。

警報は船内の調和をはなはだしく乱した。

「正確なデータを！」デグルウムが要求した。

「カンタロ船が三隻」コンピュータが返答した。「永遠の船です。明らかに攻撃コースにいます」

「わたしたちは逃げられるのか？」シルバアトが静かにたずねた。

「はい」コンピュータの計算は一秒かかった。「ただし、船内が損傷する可能性が高まります」

「どうするのがいいと思う？」

ガヴヴァルはシルバアトと同様、ほとんど感情を表に出さなかった。たとえ危険が近づいても、アノリーはうろたえない。

「先制攻撃が必要です」コンピュータが回答した。

「それはいいね！」デグルウムは努めて興奮をおさえた。「攻撃を許可する！」

《ヤルカンドゥ》は自動で最高速度まで加速した。数秒後にはカンタロが射程圏内に入った。近距離探知スクリーンにうつしだされた三つの点が拡大し、赤く毒々しいしみになった。

デグルウムは腰をおろした。

《ヤルカンドゥ》が振動すると同時に、防御バリアがぎらぎらした光に包まれた。「被弾しました」と、コンピュータが報告した。「反撃します」

ふたたびほとんど感じられないほどの振動で船が揺れた。砲から閃光が出ると同時に、三つの赤い点のうちひとつが消えた。探知機が激しい爆発を検知した。

「撃破」

デグルウムは喜んでいいのかどうかわからなかった。かれはあらゆる形の暴力を嫌悪していた。これまでにカンタロとの共通点はいくつあった？　かれらのレベルまで、どれくらいおりていけた？　自分たちは倫理的に優れた者であり、権利があるといつまで主張できるだろう？

ガヴヴァルのいうとおりだった。

この遠征は、かれら三人にとってよきことはなにもない。

それでも、ここにかれらの義務がある。望んだかどうかにかかわらず、かれらは道が終わるまで進まなければならない。

あらたな衝撃が《ヤルカンドゥ》を揺るがした。こんどは、その裏にあるエネルギーの力をデグルウムははっきり感じた。しかし、次の瞬間、ふたつめの赤いしみが消えた。

「撃破」ふたたびコンピュータが告げた。

「反応は？」と、訊き返した。

「第三の船が向きを変えました。逃げようとしています」

「作戦中止！」デグルウムが命じた。「わたしたちにもう脅威はない」

「船を逃がすのですか？」と、シルバアトがたずねた。

「もちろんだ。逃がす」

「かれが正しいわ」ガヴヴァルはデグルウムの味方をした。「わたしたちは瓦礫の雲を調査するだけですから。カンタロだってそうすぐには援軍を送れないでしょう」

デグルウムは議論をやめ、雲の上のコースを進むようコンピュータに命じた。

＊

「定められた質量制限を超える部品は十万個以上あります」

「それでもだ」デグルウムは、結論を導き出すのに充分な大きさの瓦礫片はすべて調べる必要があると考えていた。「手持ちの分析ユニットをすべて使おう」

《ヤルカンドゥ》は五百基近いロボット群を送り出し、問題のゾーン内で該当する特性を持つものをひとつずつ確認した。ロボットたちは一時間足らずで任務を完了し、精密検査が必要な三千個の部品を船に帰る途中に収集した。

「見てみましょう」と、ガヴヴァルが提案した。

かれらはロボットたちが倉庫として選んだからの格納庫に向かった。室内には空気が入れられていたが、空気中にはなにかが燃えた匂いが漂っていた。おそらく破片のひとつが空気に触れて発火したのだろう。火はすでに消えたようだ。《ヤルカンドゥ》には高性能の消火装置が搭載されていた。

「これだね」

デグルウムは十三個の部品の前で立ちどまった。

ひとつは明らかにアンテナ装置のもので、もうひとつはエネルギー供給装置、その次の部品には溶けた跡がはっきりと残っていた。

「これはインパルス兵器だ」とデグルウム。「間違いない」

「では、これはなんでしょう?」と、ガヴヴァルがたずねた。

彼女が指さしたのは卵形のカプセルで、傷ひとつない。長さは三十センチメートル、幅は十六センチメートル。灰青色の金属のような物質でできていた。

「わからない」とシルバアト。

「衛星の一部ではないな」

「それは確かなの、デグルウム?」と、ガヴヴァルが訊いた。

「絶対に」

「それならなにか別のものだな」シルバアトは思いきったように一歩前へ出ると、指先でその素材に触れた。「冷たくない。変だな。温度は水の氷点をはるかに超えている」

「分析機に任せましょうよ」とガヴヴァル。

「いや……」シルバアトは卵をつかんでひょいと持ち上げ、外殻を間近に観察した。

「開けられるよ」

デグルウムも見たことのないスイッチバーを押すと、次の瞬間、その手のなかで卵はふたつに割れた。シルバアトにとっても予想外で、驚いて身をすくませ、ふたつともほうり投げた。

「これはなんだ?」

「わからない」と、ガヴヴァルが答えた。

デグルウムは特にその片方に注意を向けた。それは格納庫の片隅で揺れていた。揺れるたびに引っ掻くようなかすかな音を立てた。

かれはまるで怪しい磁力に引き寄せられるように、だが用心しながら、その物体に近づいていった。ちがう、と思った。これは衛星の技術とはまったく関係のないものだ。完全にちがうものだ。

「気をつけて!」ガヴヴァルが警告した。

デグルウムは答えなかった。

卵の片割れの上に小さな光照射野があらわれ、同時に声が響いた。

デグルウムは一歩さがった。じっと動かず、動じることなく、すべての音を聞くように自分に強いた。

「わたしの声が聞こえるか」と、卵の片割れが話し出した。「このメッセージがふさわしい者たちに届くことを願う。将軍候補生イッタラーには、始祖種族の使者の言葉が聞こえる。かれは、カンタロが信じがたい悪行の誘惑に負けるのを許してしまったと悔いている……」

デグルウムは自分たちがなにを見つけたのか、すぐに気づいた。努力は報われたのだ！　これは、カンタロ高官からのメッセージだ！

「イッタラーは平和スピーカーを設置したアノリーとの接触を望んでいる。かれ自身が動けないため、会うにはイッタラーの居場所まできてもらう必要がある。惑星サンプソン、恒星ニズダの第三惑星、カンタロの繁殖惑星だ」

デグルウムはここで不意に勝利の喜びを感じた。

その言葉のあとには、このあたりで一般的なシントロンコードによる一連の座標が続いた。それは銀河系のある一点を指していた。メッセージはそれで終わりだった。

「とうとうやったわね！」とガヴヴァル。

「そうだ」シルバアトは満足げだ。「しかも、わたしたちの期待を超えるほどのね」

「では戻ろう」と、デグルウムは決断した。卵の片割れのなかでエネルギーフィールドが消えた。かれはその奇妙な物体から目を離せないでいたが、どうにか視線をはずした。

「残ったふたつの破壊については、これ以上調べる必要はないと思う」

一時間もたたないうちに、かれらはコースを設定した。

キャンベルではペリー・ローダンが知らせを待っていた。あとはテラナーとその仲間の仕事だ。デグルウムは《ヤルカンドゥ》が持ち帰る情報にどれほどの価値があるか、よくわかっていた。もしかしたら、突破口になるかもしれない。

5　繁殖惑星潜入計画

　ペリー・ローダンは、《カシオペア》のハロルド・ナイマンたちを自ら迎えにいった。

「ここを道なりに進んでくれ。わたしについてくればいい。キャンベルの内部はちょっと複雑でわかりにくいんだ」

「そうでもないです」スリムな身体に丸顔が不釣り合いなハロルド・ナイマンは、注意深く周囲を見まわした。「案内してもらえれば……迷うことはないでしょう」

「いったいここでなにをするんです？」

　甲高い声の持ち主はブルー族のティリィ・チュンズだ。

「あとで説明するよ」とローダン。「会議にいっしょにきてくれ。それが最優先だ。一時間後におこなわれる」

「会議？」

　ローダンは四人のなかでただひとりの女性、ナジャ・ヘマタのほうを見た。彼女はなにもかもが華奢で小さく見えたが、なにも本気にしていないような表情をしている。

そのすぐうしろにいるのは野卑な顔立ちのがっしりした男で、寡黙でものものしい態度の〝エルトルス人〟というあだ名のテラナー、ガリバー・スモッグだ。

「一時間後にはすべてわかる」ローダンは先頭に立って進み、四人についてこさせた。

「きのう、《ヤルカンドゥ》が驚くべき知らせを持ってやってきた。任務が間近に迫っている」

「それは《ヤルカンドゥ》と関係があるのですか？」と、ナイマンがたずねた。

「そのとおりだ」

「でも、われわれにこちらへくるよう要請があったのはきのうではなく数日前でしたが。なぜ《ヤルカンドゥ》に関係するとわかるんです？」

ローダンは振り返ると、驚いたように眉を上げた。

「わからなかったよ、ハロルド。それはまあなんというか……鼻がきくんだ。いつ始めるべきかわかるだけだが。状況が変わりつつあると感じるんだ」

＊

会議には約二十人が参加した。もちろん、そこにはハロルド・ナイマンとその仲間たち、ホーマー・G・アダムス、三人のアノリー、そしてヴィッダーの幹部が数人いた。

ペリー・ローダンはまず、《ヤルカンドゥ》の調査結果を要約し、カンタロの言葉と、カンタロの繁殖惑星サンプソンへの招待を伝えた。

「状況は理解できたかな？」とローダン。全員がうなずくか同意した。「そこが本当の問題だ。疑問はいっぱいある。第一に、このイッタラーが就いている〝将軍候補生〟というのはいったいどういう地位なのか？」

「高い地位の名称のようですが」とアダムス。

「わたしもそう思います」

はじめてデグルウムが会話に入ってきた。

「わたしたちアノリーは、大きな危険を冒してこのメッセージを回収しました。このメッセージに応答する必要があると思います」

「なにがなんでも」と、ガヴヴァルが補足した。「イッタラーの地位云々《うんぬん》は、さしあたり意味がないと思います」

「応答といっても、なにをすればいいのだろう？」と、アダムスが訊いた。思惑があっての発言だと、ローダンはわかっていた。「もしかしたら、あなたがたのほうがわれわれより詳しいのでは？　イッタラーの思考過程に感情移入できるとか？」

「なぜそんな根拠のないことをいうのです？」シルバアトは怒っていた。すくなくともそう見えた。「カンタロとわたしたちに共通点があるなどと、どうして思うのです？」

「謝ります」アダムスは淡々としていた。「われわれ人間よりも、カンタロに近いかと思ったので」

デグルウムはわずかな身ぶりで注意をうながした。

「わたしたちがカンタロにもっとも近いというのは確かにそうです。だからといってかれらのことを予測したりはできません。わかっているのは、イッタラーの招待に応じなければならないということだけです」

「あなたのいうとおりだ、デグルウム」ローダンは穏やかな話し方で、とげとげしい雰囲気をなごませた。「では、どうすればいい？　あなたがたアノリーがサンプソンへ行くのか？　自分たちで将軍候補生を探したいか？」

「いいえ、とんでもない！」アノリーは明らかに驚いて身をすくませた。「わたしたちにはこういうことの経験がありません」

「わたしの分析では、危険があるかもしれません」とシルバアト。「ですからわたしたちは、サンプソン遠征に同行するだけです」

「まあ落ち着いて」またしてもアダムスが口を開いた。「わたしはこのメッセージを信用していません。あなたがたはこれが罠かもしれないと思ったことはありませんか？　サンプソンはカンタロの繁殖惑星です！　銀河系全体でも、これほど防護された場所はありませんよ！」

「それでも、やってみるしかありません」と、デグルウムは断言した。

ローダンは、この件をアノリーが正しく評価しているか考えた。何千年ものあいだ、かれらは自分たちの研究だけにいそしんでネイスクール銀河で生きてきた。そして今、かれらは抑圧的な体制の崩壊に手を貸そうとしている。

それでも、デグルウムは正しかった。かれらはそれを実現しなければならない。

「ホーマー」ローダンがアダムスに語りかけた。「きみは間違っていると思う。メッセージは本物だ。そうでなければ、三隻の永遠の船が待ち伏せてはいなかっただろう。かれらはこのカプセルのことはなにも知らなかったんだ」

「では、もしそうだとしたら、ペリー、考えてみてください。モノスは待ち伏せ場所にたった三隻しか送らなかった。それはとんでもなくすくない数です。まさに招待状ではないでしょうか」

「ちがうよ、ホーマー。モノスがもはやカンタロを信用していないことを忘れてはいけない。そう考えると三隻というのは非常に多い」

「ですがそれでも……」

「メッセージは本物だ！」ローダンはシートから半分身を起こし、懇願するように周囲を見まわした。「危険であればあるほど、繁殖惑星はかえって安全なのではないか。われわれにとってははじめてのチャンスだ！　もしかしたら、唯一のチャンスになるかもしれない！　このチャンスを、ものにしなければならない！」

しばらく沈黙が続いた。

それを破って異議を唱えたのは、またしてもホーマー・G・アダムスだった。

「まあいいでしょう、ペリー。罠であろうと、やるしかない。だが、どうやって？ ヴィッダーの船をぜんぶ集めてもたりませんよ。サンプソンは要塞ですからね」

「われわれには策略が必要です」ハロルド・ナイマンが割りこんだ。

その場にいた何人かが、《カシオペア》の男をいぶかしんだ。ローダンはこの機会にかれと三人の仲間を紹介した。

それがすむと、アダムスはナイマンの言葉を否定した。

「それは無理だよ、ナイマン。ヴィッダーはあらゆる可能性を試したんだからね」

「異議あり！ たとえわたしが活性装置を着けていなくても、上層部に属していなくてもね！ すべての可能性を試せるものなんていやしない」

「確かにそのとおりだ」アダムスはしぶしぶ認めた。

ローダンはアダムスから目をそらした。

「ナイマンが正しい。ここ数日、わたしはカンタロの繁殖惑星に関するあらゆるデータに没頭した。そして解決策を見つけたと思う」

会議室は静けさに包まれた。ローダンは全員の視線を感じながら、自信満々だ。自分たちならできると信じていた。

「最初から説明しよう。われわれは、カンタロの繁殖惑星でなにがおこなわれているか知っている、というより推測している。かれらはそこで子孫を育成しているのだ。ヴィッダーのデータからも、繁殖用素材が定期的にどこからかサンプソンに送られていることが確認できているんだ。専用の宇宙船もある。この船については、われわれも知っている」

「そのとおり！」と、アダムスが口をはさんだ。「そのうちの一隻をわれわれは拿捕《だほ》した。船は完全にロボット化された原始的な箱で、分解して模造したくらいだ」

「つまりわれわれは、この船を細部まで知っている」ローダンは続けた。「わたしの考えはこうだ。繁殖船が定期的に通る可能性が非常に高い場所に数隻の宇宙船で待機する。標準的な位置確認点はヴィッダーが知っている」

「すべてではないですがね」とアダムス。「数としては充分ですよ、ペリー」

「よかった。次に、にせの情報コードで船を一隻とめる。それから、その船に乗りこんでかくれ、搭載コンピュータを操作する。船がわれわれのことを漏らさないようにするためだ。どうだ、簡単だろう」

「ようやくわかりました！」ブルー族のティリィ・チュンズが甲高い声をあげた。

堰《せき》を切ったように、みながてんでに話しはじめ、声が入り乱れた。ローダンはアダムスと視線を交わして同意した。かれは自分のシートにすわったまま静かにようすを見ている。人々の表情は刻々と変わっていった。驚いているだけの者もいれば、正真正銘、熱狂している者もいた。ただ三人のアノリーだけは、まったく冷静だった。

ようやく静かになった。

「続けていいかな」とローダン。

「もちろんですよ、ペリー！」アダムスが背中を押した。

「よし。わたしの計画では、われわれは繁殖船に腰を据える。これなら、カンタロが設置したすべての安全障壁をだれにも妨げられずに通り抜けることができる。いずれにせよ、運が良ければだが」

「それから？」

「続きはサンプソンでやってみるしかない。優秀な特務コマンドが必要だろう」

「それにはわれわれも含まれるのでしょうか？」ハロルド・ナイマンが興奮してたずねた。「《カシオペア》の四人も？」

「わたしはそう考えている」

「おい、こりゃすごいよ！　きみらはどう思う？」うながすように仲間を見ると、全員が即座に同意した。ナイマンは最後にローダンに向きなおった。「われわれも参加します」

「わたしは追加で提案があります」と、ナジャ・ヘマタが手をあげた。

＊

「どうぞ！　話してくれ、ナジャ！」

小柄な女性は少し恥ずかしそうに周囲を見まわしたが、やがて確信に満ちた声で話し出した。

「わたしはホーマーがいったことを考えました。ヴィッダーが繁殖船を模造したという話です。最初に手に入れた繁殖船は破壊したほうがいいのではないでしょうか？」

「きみの考えはわかったよ、ナジャ」

ペリー・ローダンは考えこんだ。一見、巧妙でよく練られた提案に聞こえるが、なにかがひっかかる。

ナジャ・ヘマタは気分をそこなうことなく続けた。

「つまり、本物の船と自分たちで用意した船を入れ替えるんです。もちろん精密に、なにもかも本物のとおりにして。試験にも耐えられる模造船が必要です。そうすれば、サンプソンに拠点を持つことができます」

「いい考えとはいえないな」とホーマー・G・アダムス。「残念だがね、ナジャ。われわれの手もとにはカンタロの情報コードが完全にそろっているわけではないんだ」

「ではどうして、繁殖船をとめられると思うのですか？」

「確証はない。うまくいくことを願うばかりだ。だがサンプソンについては、そんな期待もあてにできない。望みは薄いんだ。最後はきみたちの命をこの船に預けるしかなくなる」

ナジャ・ヘマタはしばらく黙っていた。

「それはきっとそうでしょうね」彼女はしかたなく同意した。「いいでしょう。では、ペリーがいったとおりにします」

「だがね、まだ問題があるんだ」とアダムス。「特務コマンドの編成だ」

「われわれ四人は決まりでしょう？」とハロルド・ナイマン。

「ああ」アダムスがローダンを横目で見ながら答えた。「それに反対する理由ない。きみたちのことは了承している」

「わたしたちも準備はできています」デグルウムは手ぶりで自分とふたりの仲間を指しめした。

「願ったりかなったりだ」とローダン。「カンタロの内部でなにが起こっているのか、すくなくとも推測できる人がいるとすれば、それはあなたがただ。三人が加わってくれればありがたい」

「そこなんですよ、ペリー」アダムスは疑わしそうにかれを見た。「なにが危険にさらされているか、あなたはよくわかっている。それに、モノスがあなたに関して精通していることもね。あなたがどこにいるか、つねに把握している。気づかれることなく部隊が繁殖惑星に到達するにはどうすればいいのでしょうか？」

ローダンは自分の指先を見つめた。

「わたしがそれを考えていないとは思わないでくれよ、ホーマー。だが、モノスから逃げおおせることも証明した。その方法はまだ定かではないが、うまくやれる自信はある。ヴェンダルではっきりしただろう」

「あんなことがあてになると思うのですか？　可能性でしかないのに？」

「そうだよ、ホーマー。ほかに方法はない。大きなかけだ」

「大きすぎるかけかもしれない」アダムスのむっつりした顔が心配そうだ。

「きみのいうとおりだ」ローダンは良心の呵責《かしやく》で、刺すような痛みを感じた。「だがいったいどうすればいい？　わたしはいっしょにサンプソンへ行く。その決心はだれにも変えられない。わたしはただ、うまくいくと信じるだけだ」

「ひとことといいでしょうか？」と、デグルウムが訊いた。

「もちろんだ」

「ふたりの討論を正しく理解しているかどうかはわかりませんが、申しあげましょう。わたしはペリー・ローダンが正しいと思います。今のところ、モノスから逃げおおせているからです」

「どうしてそんなことがわかるんだね?」ホーマー・G・アダムスは敵意むきだしで訊いた。

「わかりません。でもわたしたちアノリーも同じように信じています」

6　繁殖船

《オーディン》船内は、今か今かと待ちかまえていた。

　この宙域には多くの星々が密集している。

　ペリー・ローダンは群れ集まる光を見つめた。探知機がなければ、繁殖船がここでひと休みしていても気づかないだろう。船のような小さな物体は、惑星や恒星の大きさに比べれば、塵《ちり》のひと粒にも満たない。だがその船は、想像以上に重要だ。

　ローダンはその船が最後の切り札となることを願った。そして、カンタロたちのなかに入りこみ、少しでもモノスに近づくことを望んだ。

　すぐ近くにある星には、ポリグラフという名前がついていた。この青い巨星の直径はすくなくとも太陽の三十倍はある。その放射力は、宇宙船交通全体で広範囲の位置確認点になるほど強力だった。

　ローダンたちは、繁殖船がこの場所でハイパー空間から離れ、コースを再計算するよう期待していた。希望はあった。ヴィッダーの観察によると、多くのカンタロ船がそうしていたからだ。

　だが今は平和スピーカーの問題があるので、カンタロがあらわれることはないだろう。チャンスは充分にあったたし、実際のところロボット船に遭遇する可能性は高かった。

「全ユニット、準備はいいか」ローダンがハイパーカムで確認した。

「こちら《シマロン》」イアン・ロングウィンが応答する。「準備完了です、ペリー」

「こちらグンドゥラ・ジャマル。《カシオペア》も準備完了。あとは繁殖船を待つのみ」

「慌てるなよ、グンドゥラ！」とペリー・ローダン。「われわれが待っているのは、ほぼ無防備のロボット船だ。発揮する力も半分程度ですむだろう」

「待ちましょう。そして《カシオペア》の新装備がどれほどのものか見物ですよ！　ジャマル、通信終了！」

「了解だ、グンドゥラ！」ローダンは笑みを浮かべて通信を切り、少しリラックスしてシートに腰をおろした。その隣りには《オーディン》の首席操縦士、ノーマン・グラスがすわっている。探知センターチーフのサムナ・ピルコクと共に、作戦のスムーズな進行の責任を負っていた。このときまでに球型宇宙船の新乗員たちは充分な訓練を積んでおり、ローダンはなんの心配もしていなかった。

　待ち時間は短かった。

警報が響いたときは、八時間しかたっていなかった。ローダンはただちに臨戦態勢に入り、探知スクリーンを注視した。そこには赤く燃えるような反射があった……繁殖船だ。

すべてのデータがそうと示していた。いびつな、非常に細い円柱のような外観だ。上面は完全にたいらで、胴体からはアンテナのような突起がいくつも出ていた。このような外見は典型的なアンテナ船を思わせた。

「サムナ！」と、ペリー・ローダンが呼んだ。「コードを！　船に放射！」

複雑に連なったハイパーエネルギー性インパルスがアンテナを離れた。

だが船はこちらを認識しなかった。もしかしたら《オーディン》とほかの二隻がポリグラフに接近しすぎ、恒星のコロナが対探知システムとして予想以上の効果を発揮したのかもしれない。

「放射完了！」と、女スプリンガーが告げた。

「反応は？」

「まだありません」

ローダンは少し考えてから「繁殖船に向かうコースをとれ」と命じた。「《カシオペア》と《シマロン》もあとに続け」

船は最大加速度で恒星の探知の陰から飛び出した。それでもまだ反応はない。カンタロの繁殖船がシンボルコードを受けとったかどうかは不明だ。停止するだろうか？　そろそろ反応があるのではないか？

それとも、無反応という反応なのか？

結局、ロボット船に変化はなかった。加速することもなく、太陽に向かって宇宙空間を進んでいった。

「《オーディン》はドッキングにそなえろ」とローダン。「ほかの二隻は緊急時の援護砲撃態勢！」

ローダンは物体の外殻をじっくり観察した。無数の小さな隕石が表面をへこませ、宇宙塵が金属に衝突して大部分を磨きあげていた。旋回するアンテナの下にはなにがかくされている？　すぐにわかるだろう、とかれは思った。

だが、そうはならなかった。

突然、ハイパー空間から二隻の宇宙船があらわれた。こんどは永遠の船タイプだ。護衛船なのかもしれない。それとも間の悪い偶然だろうかとローダンは考えた。どっちでも同じだ。とにかく、反応しなければ。

「防御バリア！」

《オーディン》をエネルギー性シールドがおおったとたん、炎があがった。同時に、このような場合に備えて距離を置いていた《シマロン》と《カシオペア》が反応した。

イアン・ロングウィンとグンドゥラ・ジャマルが船を攻撃コースに移動させ、危険距離ぎりぎりから発砲した。これで新武装の威力が明らかになった。科学者たちは艦対艦戦ならテラ部隊が勝っていると主張していた。

今回がはじめての実地試験というわけだ。命をかけた戦いに〝試験〟という名を使うならば。

「全速力！」ローダンが首席操縦士に命じた。「こちらも参戦する！」

「すでに交戦中！」ノーマン・グラスは平然と答えた。

だがほかの四隻には追いつけなかった。突然、繁殖船が火を噴く怪物に変身したのだ。かれらはあまりにも近づきすぎた。すでに《オーディン》に激震がはしり、防御バリアが明滅しはじめた。

シントロニクスが自動的に応戦した。深刻な脅威があると察知し、乗員よりも前に対応したのだ。

繁殖船はぎらぎらした火の玉となって消えた。

「いまいましい」と、テラナーがつぶやいた。「すべて失った……ノーマン！　それでも永遠の船に向かうコースをとれ！」

しかし、ここでも遅きに失した。《シマロン》と《カシオペア》はほぼ同時に勝利をおさめ、敵船を一隻たりとも逃さなかった。ローダンは生物が乗っていないことを祈るだけだった。

かれにはそう願う根拠があった。モノスがカンタロを出撃させることがほとんどないことを知っていたのだ。ローダンはほっとしてシートに倒れこんだ。

だが結果として、この戦闘は失敗に終わった。

「分析は？」と、ローダンがたずねた。

「終わりました」と、《オーディン》のシントロニクスが答えた。「わたしの計算では、繁殖船はこちらのシンボルコードに反応しませんでした」

「きみがデータを誤って解釈したという可能性はないかね？」ローダンは落胆していた。

「たとえば繁殖船は反応したが、二隻のカンタロ船によって、再度、いわゆる〝反転〟されたとか？」

「そんなことは絶対にありません。全戦闘中、通信はまったくありませんでした」

「これ以上はっきりしたことはわからないな」と、ローダンはつぶやいた。「おそらくそうだったんだろう」

それでも、シントロニクスにはわかっていた。

「残念なお知らせがあります。今回の結果から判断して、後続の繁殖船をとめる手立てはありません」

つまり、かれらにチャンスはない。好きなだけ宇宙船を破壊できるが、乗船はできないのだ。

「ノーマン」ローダンは諦めたように呼びかけた。「《シマロン》と《カシオペア》に連絡しろ。退却だ」

7　ハロルド・ナイマン

「あ、ハロルド！」

〝鉄のグンディ〟が手招きした。ハロルド・ナイマンはうなだれたまま彼女についていった。かれはまだ、すべてがうまくいかなかったという事実を受け入れかねていた。かれになにができただろう？　もちろん、危険だ。しかし、どういうわけか、かれはこの出撃を楽しみにしていたのだ。

奇妙なことだ……文字どおり血の味をしめたのか。時間を跳躍した約七百年という時の隔たりは、あまりにも遠い昔だ。目のあたりにした危険な光景はしかし、言葉では説明できない特別な方法で、かれの持っていた多くの計画を変えてしまった。

かれはふたたびあらたな展望を手にした。

それには大きな価値があった。傍観しているだけではだめだ。この事態がどう展開するか見守るのだ。できれば積極的に参加したい。かれはそのことを、このときほどはっきり自覚したことはなかった。

「すわって、ハロルド！」

女船長はしなやかな動きでかれの隣りに腰をおろした。いつものことだ、とかれは考えた。彼女はつねに自分の強さや身体の健康を見せびらかす必要があった。

「どうしたんです？」と、ハロルドが訊く。

「なんだと思う？」彼女は怒ったようにそういうと、急に穏やかな口調になって訊いた。「あなたが悲惨の塊りみたいになって、こそこそとうろつく姿を、もう見ていられない。戦闘意欲はどこへ行ったの？」

「どの戦闘の話ですか？」かれは力なく訊き返した。「戦闘なんてなかったじゃないですか、グンディ」

「ああ、なんてこと！ハロルド、驚いたわ。作戦に失敗したのはたった一回よ。もしペリー・ローダンが、一日がだいなしになるたびにうなだれていたら……そんなこと考えたくもないわ」

「わたしはペリーじゃありません」

「そりゃそうよ、ハロルド。見た目も全然ちがうわ」

「なにがいいたいんです？」ハロルドはかっとなった。「あんまりですよ、グンディ！」

グンドゥラ・ジャマルは眉をひそめて首を振った。

「やりすぎ？　いいえ、ちがうわ。もしペリーがこんなあなたを見たらどうかしら。それにかれは、あなたを繁殖惑星に連れていくつもりだったのよ」

ナイマンは怒って立ちあがった。

「わたしを挑発する気ですね、グンドゥラ！　その手に乗るもんか！」

そういうと、こぶしを握りしめて司令室を飛び出した。グンドゥラ・ジャマルが完璧に目的を達成したとも知らずに。

＊

かれらはカシ＝2の司令コクピットに集まって黙りこくっていた。ハロルド・ナイマンはスクリーンを見つめていたが、そこにはもちろんなにもうつっていない。スペース＝ジェットは《カシオペア》の格納庫にあった。

ナジャ・ヘマタはこの状況を気にするようすもなく、ときどきひとりでにやにやしたり、忍び笑いを漏らしたりしていた。

「まあいいけどさ、ナジャ」と、ガリバー・スモッグが口を開いた。「なにがおかしいんだい？」

「失敗に終わったときのハロルドの間抜けな顔を思い浮かべているだけよ」

「そんなことがまだ楽しいってか、え？」と、ハロルド・ナイマンが押し出すようにいう。

「まあね……楽しむだけなら罰はあたらないし」

左端の席から聞こえたのは、ティリィ・チュンズの甲高い声だった。

「黄色い被造物にかけて！」と、ブルー族が叫んだ。「どうしたらそんなことを喜べる？　思いやりってものがないのか！　さぞかしひどい女ヴィーロ宙航士になっただろうな」

「あら、そう？」突然ナジャ・ヘマタの激しい気性があらわになった。「この話とエスタルトゥにどんな関係があるっていうのよ？　まともに考えることもできないの、ティリィ！」

「そんなこというなよ」と、ブルー族はひどく冷静に答えた。「ハロルドのことを、そんなふうにただ笑うのはよくないっていってるだけさ」

「それは思いちがいよ、敬愛するティリィ殿。ハロルドは深刻になりすぎ。同情する必要はないわ」

ハロルド・ナイマンはさも軽蔑したように鼻から息を吐いた。

「じゃあ、きみはどうなんだ？」と、ガリバー・スモッグが訊いた。「ナジャ、自分は関係ないと思えるか？　きみもいっしょにくればよかったのに！」

「そのとおりよ、エルトルス人……。わたしも行けばよかった。でもね、実際問題として、わたしにはだれも行きたいかと訊いてくれなかった。それに、みんなとちがってわたしは特攻隊なんて興味ないしね」

「突然それを持ち出す！」ティリィ・チュンズは、超音波の域に達しそうな甲高い声で文句をいった。「すべてが終わった今になって」

「そうよ」ナジャは満足げだ。「過ぎ去ったのよ、ジ・エンド、終わりよ」

「まだそうはいっていないよ」と、ナイマンがつぶやいた。「ちがうんだ、ナジャ……」

「なんていったの？」

「そうともいいきれないといったのさ。この作戦はまだ終わっていないかもしれない」

ナイマンは必死で考えた。友たちがかれに質問を浴びせたが、それに応じることなく完全に自分の考えに没頭した。繁殖船。コードは機能しなかった。しかも船は防戦した。しかし、《オーディン》の最初の一撃で船はシャボン玉のようにはじけた。バリアは優れていたのに。

あれが手がかりだったのか？　いや、すくなくともすべてではない。

次々と繁殖船を撃墜することになんの意味がある？　それではサンプソンには絶対到達できないだろう。こちらにはなんの利益もない。それに、モノスは充分な護衛をつけて船を送り出すようになるだろう。

いや、さらに考える必要があった……

損傷を受けたのが一隻だけなら？

突然、なにかがひらめいた。ナイマンは飛び上がると、勝ち誇ったようにナジャを見つめた。

「きみは思いちがいをしているよ、まったく！　まだピンチを脱していない！」

かれは大急ぎでスペース＝ジェットの人員用エアロックに入ると、数秒後には反重力リフトに飛び乗り、転送機に向かった。

十分後、ナイマンは《オーディン》でペリー・ローダンと緊急の話をしていた。

＊

「そんなに急ぎなのか、ハロルド？」ペリー・ローダンは司令室の奥まった小部屋に引っこみ、いったいなにごとかという顔でかれを見た。「興味津々《きょうみしんしん》だね」

「いい考えがあるんです、ペリー！」

ハロルド・ナイマンはうれしくてしかたないという顔をしている。

「さあ、聞かせてくれ！」

「とても簡単なことなんです。われわれのシンボルコードでは、カンタロの繁殖船を停止させることはできない。そうでしょう？」

「確かに」とローダン。「われわれには無理だ。ヴィッダーは正確な情報を持っていない。あるいはモノスがコードを変更させたのかもしれない。どっちでも同じだ。そうであればきみはどうする？」

「着陸した繁殖船に接近するんです。そしてグッキーがわれわれを船内に連れていく」

「まあそれはそうだが、ハロルド」ローダンは理解できないといったようすで眉をひそめた。「きみが見落としていることがある。われわれは着陸した船に近づくことはできないよ。繁殖船の出発地はわからないし、着陸するのはサンプソンだけだ。あるいは、同じように防備を固めた別のカンタロ惑星か。きみの思いつきがそれだけでないことを願うがね」

「はい、それだけではないです、ペリー！　まだ続きがあるんです！　わたしは、通りかかった繁殖船をどこかに着陸させる方法を思いつきました。どこかにね。それがどこなのかできれば事前に知っておきたいですが。もちろんアダムスがいくつかのデータを事前によこしてくれたらの話です！」

ナイマンは、自分の筋書きがどう展開するか手短かに説明した。二時間後に開かれた会議では、ホーマー・G・アダムスやアノリーを含めた十人ほどに、もう一度自分の計画を説明した。ペリー・ローダンに説明したのとほぼ変わらない内容だ。

抵抗組織ヴィッダーは計画を成功させるためにもっとも重要な前提条件を受け持ち、

必要なすべてのデータをきわめて短時間でそろえてくれた。これでレジスタンス闘士の値打ちがまたしても証明された。

8　クネッセム

「さあ、どうぞこちらに！」ホーマー・G・アダムスが親しげに呼んだ。「船がドッキングしましたよ。あなたたちはフォーム・トンネルを通って乗船してください」

ペリー・ローダンはアダムスのふるまいに驚いた。どんな船か、なぜ秘密にするのだろう？　組織が提供した船の、なにがそんなに特別なのか？　ローダンにはいくら考えても想像がつかなかった。

ホーマー・G・アダムスはにやつくのをかくしながら、通廊をいくつも通って小惑星の外側ゾーンにかれらを案内した。

ローダンのうしろには三人のアノリーが続く。デグルウム、シルバアト、ガヴヴァルだ。かれらは作戦計画にほとんど反対しなかった。おそらくそれは良い兆候だった。すくなくとも理論的な観点から見て、三人は非常に明晰な思索家だったからだ。つまり、その計画に明らかな欠点はないということだ。

とはいえ、すべての計画がサンプソンへの着陸までしか進んでいないという事実は変わっていない。

次に続くのは《カシオペア》の四人。全員緊張してはいたが、内心は満足している。例外はナジャ・ヘマタだ。気分を害しているように見えた。

そこへジョーカー役のグッキーも加わった。

ローダンにとってネズミ＝ビーバーはこの任務に必要不可欠だ。計画の開始時点から、グッキーは成功の保証人だ。この計画にはテレポーターが必要だ。そしておそらくテレパスも、テレキネスも。

最後にはアダムスが特別装備させた五台の多目的ロボットが続いた。最新の技術水準にもとづいて作られたものだ。

いいチームか？

ローダンはそのことを疑わなかった。

「ここですよ」というと、アダムスが開いたハッチを示した。それはフォーム・エネルギーでできたトンネルに続いていた。「さあ、入って！」

特務コマンドのメンバーたちは順になかへ入っていった。ローダンは立ちどまったまま、何世紀も前から知っている小柄な男を見つめた。最後尾のグッキーはふたりの横に立ってすばやく一本牙《きば》を見せると、乾いた音を立てて姿を消した。

「さあ、教えてくれ、ホーマー。白状しろよ！」

「ちょっとしたサプライズですよ、ペリー。できるかぎり目立たない船が必要だったのでね。戦闘艦はまずだめだし、小型でも戦艦タイプの船もだめ。そこで、われわれの特別船を呼び寄せたというわけで……」

「これがどういう計画なのか、考えてのことだろうな、ホーマー。正体がばれるようなことはしたくない。事後にわれわれの策略を見抜かれてはならないんだ。サンプソンに到着してからも同じだ。それはわれわれの死を意味する」

「わたしをだれだと思っているのですかな？」アダムスは気分を害した。「初心者ではありませんぞ、ペリー。だからこそ、《アリシャー》に決めたんですよ」

　ローダンは不信感をあらわにした。かれはこの船とその女船長に再会するとは予想していなかった。

「《アリシャー》だって？　どうしてだ？」

「筋が通っているではないですか、ちがいますか？　この船があなたをヴェンダルから連れてきた。恒星間美術商の輸送船だということは知られています。非常に好都合だ！　もう一度短時間だけフレゴル・テム・ミルになるんですよ。クネッセムはヴェンダルと同じで、商売と宇宙航行全般が許可されている惑星です。それに、《アリシャー》には考えうる最高の装備がある」

「確かにいい考えだよ、ホーマー。だがどうしてわたしに相談してくれなかったんだ」

「それはできませんでしたね。そんなことをしたら完全なサプライズじゃなくなるではないですか。それに、ジャンヌはあなたに会えるのをとても楽しみにしていたしね。もう一度、心ときめく会話ができればと思っているんですよ」

ローダンはため息をつくと、かすかにほほえんだ。

「まあいいだろう、ホーマー。わたしのために楽しみを用意してくれたというわけか。もう行くよ」

「さようなら、ペリー。気をつけて」

「ああ。そっちも、すべてを滞りなく進めてくれよ。そうでないとお手上げだからな」

「ご心配なく。どうすればいいかはよくわかっていますよ」

「そっちはどの船を使う？」

「最初の時と同じです。《カシオペア》、《シマロン》、《オーディン》ですよ。それで充分のはず」

「すくなくとも、次の繁殖船に護衛がいなければな」

「それはないはずですよ、ペリー。同じ偶然が二度あるなんて。いや、ありえませんな」

＊

「楽しみ」という言葉に他意はなかった。

ペリー・ローダンはもちろん、ジャンヌ・ダルクとひととき司令室で過ごすための時間をとった。その後、小惑星キャンベルの大型シントロニクスがみんなのために作ったプログラムが始まった。

かれらが集められた格納庫はほとんどからっぽだった。あるのはひとりに一台割りあてられたヒュプノ学習装置が九台と、ターミナル一体型スクリーン・ウォールが二台だけだ。

繁殖船に関するデータはほぼ判明していた。ヴィッダーは略取されたユニットを手に入れていた。情報コードは一部が変更されていたが今回は問題にはならなかったし、支障もなかった。チームのメンバーが知りたいのは船の技術的な構造だったからだ。

「残念ながら、わたしたちには無用です」デグルウムはヒュプノ学習装置を見てそういった。

「どうしてだ?」とローダン。「あなたがたにも、繁殖船内がどうなっているのか知っておいてほしい。密航者として旅するなら、リスクはできるかぎりとり除いておきたい」

「それでも無理です。これは器質的な問題です。あなたがたの機器は、わたしたちの脳構造を損傷してしまうかもしれない」

「ありえない！」ハロルド・ナイマンがさえぎった。「われわれの学習装置はどんな脳にも自動的に適応する」

デグルウムは動じないようすでナイマンのほうに向きなおった。

「ありえるんです。わたしたちアノリーは別の方法で知識を得るようにします」

「どうやって？」

アノリーはふたつのスクリーンを指ししめした。

「わたしたちは、あなたがたよりもずっと早く情報を吸収します。覚醒時でも同じです」

「特に技術的な情報に関しては」と、シルバアトがつけ加えた。

ローダンもナイマンも、それ以上反論しなかった。ネイスクール銀河からきた三人の異人は、自分たちに最良の方法をよくわかっているのだ。アノリーを除く全員がヒュプノ・シートにすわってくつろいだ。一時間後にはカンタロの繁殖船に関して知るべきことをすべて吸収していた。

ローダンはすっきりした頭で目ざめた。まだいくつかの情報が脈絡なく飛び交っていたが、それも一瞬で終わった。かれの心の目に複雑な映像が浮かび、トレーニングは成功した。

繁殖船のことを知りつくして勝手がわかるようになったので、《オーディン》や《シマロン》の船内と同じように自由に動けるはずだった。

船内での活動を容易にする有利な点も見つかった。繁殖船はかなり性能の高い防御バリアと強力な攻撃兵器を備えているが、船内監視はまったくされていなかったのだ。

つまり、船内に入ってしまえば危険もなく、こっちのものだった。

＊

クネッセムはポリグラフ星系からわずか四百光年しか離れていない。星が密集しているその区域で、惑星クネッセムは文明の中心になっていた。二千年以上前に人類が入植している。

クネッセムにカンタロはいなかった。だがかれらの監視機構は、銀河系のいたるところで、なんらかの方法で稼働していた。

ペリー・ローダンは《アリシャー》のメモリーからデータをとりだした。

基本的にクネッセムは多くの点でテラに似ている。すくなくとも、七百年前にあとにしたテラに似ていると思えた。人口密度だけは格段に低い。人々は工業や商業より科学と生態学に力を注《そそ》いでいた。

クネッセムは繁栄した惑星だった。

もしカンタロが百年以上前に待避用宇宙港を建設していなければ、せいぜい保養地ぐらいにしかならず、だれも興味を示さなかっただろう。ローダンに保養の暇はないが。

「着陸する」《アリシャー》船長のジャンヌ・ダルクが告げた。その黒い瞳は文字どおりスクリーンに釘づけになった。うつしだされた着陸床はしだいに大きくなり、やがてフレーム全体を埋めつくした。

昔だったらこんなとき乗員は手いっぱいだろう。今や着陸手順を監視するのはたったひとりだ。ローダンは自分の視線が彼女から離れられないことに気づいた。黒い瞳に魅了され、本能にあらがえない。

かれはいま眼下の惑星に全力で注意を向けなければならなかった。

「着陸！」と、ジャンヌが告げた。

スクリーン画像はもう変化しなかった。《アリシャー》は無事に着地し、当面は安全だった。周囲ではほかの船の荷物が積みおろしされ、整備される船や放置されている船などが見えた。

半時間ほど経過したところで、ペリー・ローダン、ハロルド・ナイマン、ナジャ・ヘマタが最初の偵察隊としてエアロックから外に出た。気温は快適で、約三十度と暖かく、湿度も高く、酸素の量もちょうどよかった。

小雨が降って、すべてを濡らしている。宇宙港の舗装が鈍く光り、あちこちから蒸気が上がっている。

「これからどうしますか？」ナイマンは少し不安げだ。

「向こうに管理局がある」ローダンは腕を伸ばし、着陸床区域の端にある平屋を示した。

「ここから二キロメートルほどだ。出発しよう」

目的地に到着したとき、かれらは頭のてっぺんから足の先までびしょ濡れだった。目立たない入口から入ると、建物内はすべてが機能的で、手入れが行き届いた印象だった。監視装置はほとんど見あたらない。クネッセムでは経済だけがカンタロの支配手段だった。

女職員がかれらを出迎えた。

「こちらへはなにをしにこられましたか？」訛《なま》りのないインターコスモだ。

「わたしはフレゴル・テム・ミル」ローダンの声は堂々としていた。「美術商だ。クネッセムでは芸術がもてはやされていると聞いている。それを自分の目で確かめにきた」

職員はさほど興味なさそうにうなずいた。

「ではそちらのおふたりは？」

「わたしの仲間だ。ナジャ・ヘマタとハロルド・ナイマン」

「では、全員の身分証明を提出してください」

ローダンたちはそれぞれ偽造した書類をポケットから出した。

女職員は証明書をスリットに差しこみ、数秒待って別のスリットからとりだした。

「問題ありません。みなさんの渡航許可証は有効です。通商許可証も同様です」

「では、もう入っていいか？」

「まだです。クネッセムでは商用旅行者に対して特別条件が適用されます。お手持ちの通貨はすべて、現地通貨に両替していただきます。金銭取引は自動検査装置がある場所でしかおこなえません」

ローダンは怪訝そうに眉をひそめた。もちろん事情はわかってのことだ。

「われわれの支払い手段すべてか？」

「そのとおりです。高価なマイクロエレクトロニクスやそのほかの商品にも適用されます」

「そんなものは持っていない」ローダンはきっぱり否定した。「わたしに興味があるのは芸術だけだ。ところで、為替レートを教えてもらえるか。使わなかった資金を再度両替するレートは？」

「一対一です。あなたがたが損をすることはありません」

「よかった」ローダンは満足そうな表情を見せた。「それでは入国する」

「みなさんのクレジットカードを渡してください！」

女職員は三人のカードを装置に通して小型のシントロニクスに読みとらせ、あたらしいカードを発行した。

「どうぞ。クネッセムではこれでお支払いください。ただし、忘れないでください。自動検査装置なしで金銭取引はしないでください」

「わかった」ローダンはそう答えたが、二度も注意されて気を悪くしたようだった。

＊

「どうすればいいのでしょう？」ナジャ・ヘマタはクネッセムにきてはじめて会話に加わった。「細かい金銭取引をすべて自動検査装置で監視させるなんて無理でしょう」

「それができるんだよ、ナジャ」

ペリー・ローダンは、さほど多くない商店のすべてに置いてある小さなロボットを指ししめした。

「あれですか？」とナジャ。

「ああ、だと思うよ」

「間違いない」ハロルド・ナイマンも請け合った。「どの店にもあるのはこれだけだ」

「そのとおりだ、ハロルド」ローダンはあたりを見まわすと、あてずっぽうにある方向を指さし、歩き出した。「ほとんどの取引は、屋内ケーブルを介しておこなわれる。その場合、すべてがブッキングセンターで処理されると思う」

「それに、現金はまったくないようです」と、ナイマンがつけ加えた。

それは多くの惑星でも同じだったが、クネッセムほど完璧な財務管理はローダンも経験したことがなかった。カンタロの支配は巧妙な方法でおこなわれていた。かれらのガイドラインに適合していない取引は、おこなわれることすらないようだ。

「まずは少しくらい芸術を見にいかないといけないでしょうね」とナイマン。

「そうだな。きみのいうとおりだ。そのためにここへきたんだから。けれどもその前に手ごろな倉庫を見つけないといけない。いちばん重要なことだ」

ローダンは適当に通行人を呼びとめると、インフォメーション・ボックスはどこにあるか訊いた。

「そういうものはこの星にはありません」というのがその男の答えだった。赤毛でボサボサの頭と濃い褐色の肌からすると、男は移住してきたアコン人のようだった。「でも、この地区には観光センターがありますよ。道順を説明しましょう」

二十分後、かれらは目的地に到着した。

ローダンはまず頭を振ってぐっしょり濡れた髪から水滴を飛ばし、次にスイッチに目を向けた。かれは〝経済〟と書かれたターミナルを見つけた。

「なにかご用ですか？」機械の声が訊いてきた。

「美術品の保管場所を探している」

「詳しく説明してください」

「わかった。単独の建物が第一希望だ。倉庫面積は約千平方メートル」

「では、リストをごらんください」

スリットから条件に合った住所が五十以上リストアップされた二枚のフォリオが出てきた。ローダンはそれを受けとると、ポケットにねじこんだ。

「クレジットカードをお願いします」

ローダンは宇宙港の建物で受けとったカードをとりだし、光るブッキングプレートの上にのせた。

「処理しました」と、ターミナルが告げた。「次に進んでください」

ローダンは表示された金額をちらっと見た。青ざめそうな金額だったが、自由に使える金は潤沢にあった。

「どうしたんです?」ハロルド・ナイマンが詮索するように訊いた。

ローダンは首を振って、信じられないという笑みを浮かべた。「えらく高くついたよ」

*

タクシーグライダーを使って何カ所か住所を順に視察した。幸い運賃は情報提供料より安かった。

かれらが選んだのは宇宙港にかなり近い、サイロのような小さな建物で、いちばん近い倉庫から百メートル以上離れていた。どうやらこの地区にはだれも住んでいないようだ。希望どおり、内部の広さは千平方メートルあり、全室空調されていて清潔だった。

家賃は驚くほど安かった。ペリー・ローダンは十年分前払いすることにした。サイロ倉庫の入口コンピュータで手続きは完了した。そして十年という期間にどこかから注意が向けられたとしても、かれらが気づくことはなかった。

「こういうことだ」とローダン。「さあ、行こう。ここに保管するための芸術品がすくなくともいくつか必要だ」

今回は観光センターには行かなかった。タクシーグライダーは三十軒ほどの民間住宅に自動で運んでくれた。ほとんどは画家で、素朴な油絵の具と筆を使って絵を描いていた。

ほかに、彫刻家やキューブ・マイスターもいた。キューブ・マイスターは演出されたシーンをビデオに録画し、その結果をホロキューブに保存する。ローダンの若いころは、このような人は単に写真家と呼ばれていた。それから二千年以上たった現在、すべてが少し複雑になっていた。

ローダンはフレゴル・テム・ミルとしての役割を熱心に果たした。しだいに本気になって作品を買いまくった。買いつけには毎回かならず小型検査ロボットが立ち会い、ブッキングをおこなった。一日が終わったころには百点以上の作品を購入しており、倉庫に保管した。そのほとんどは俗悪な駄作だった。ローダンは倫理的な理由でわざと駄作を買っていた。今日買い入れた作品はこれから何年もサイロ倉庫のなかに保管されて人目に触れないままになる。

ローダンの考えでは、芸術とは人々のためのもの。本物の芸術作品がそのような運命におかれてはならないのだ。

「これで充分だろう。ここから出よう」

ローダンはあらかじめ考えておいたとおりに警報装置を切り、ドアをロックするだけにした。

一時間後、かれらは宇宙港の建物に戻ってきた。応対したのは入国を許可した女職員だった。

「フレゴル・テム・ミル、もう出発するのですか?」

「そのとおり。いい買い物ができたよ」

女職員はがぜん興味をそそられたようで、ローダンからは見えない画面を注視した。

「興味深いことに、あなたは百十九件の取引をおこないました。合っていますか?」

「そのとおり。タクシー代、観光センターでの情報提供、あとはすべて美術品の購入だ」

「購入品はお持ちですか?」

ローダンは苦笑し、両手を広げるとこういった。

「そう見えるか？　なにも持っていない」

「では、なぜ買ったのです？　それでは利益が出ないでしょう」

「いや、簡単なことだ」ローダンは率直に答えた。「現時点では、運び出しても輸送代で足が出る。《アリシャー》はこれからほかの惑星に向かうのでね。われわれの商売は、売買で成り立っている。クネッセムの倉庫のものは、買い手が見つかったら運び出す」

「なるほど、わかりました。フレゴル・テム・ミル、お仲間と共によい旅を」

＊

《アリシャー》は音もなく静かに浮揚した。繁殖惑星潜入計画の次の段階が開始されたら、この船は姿を消す予定だ。コンピュータがハッキングを受けても悪影響が出ないように。

「アダムスから連絡はあったか？」と、ペリー・ローダンが訊いた。

ジャンヌ・ダルクは気の毒そうに首を振った。

「まだですよ。でもそれはいい知らせだと思います。時間は充分あるもの」

「忍耐ゲームにならないといいが」振り返ったローダンは船内放送装置を見つけ、特務コマンドのメンバーに司令室にくるよう指示した。

　二分もしないうちに、アノリー、グッキー、五台のロボットが顔を見せた。ガリバー・スモッグだけがうっかりしていて遅れてきた。ハロルド・ナイマンとナジャ・ヘマタもすぐ近くにいた。五分後、全員作業服に着替えた。

「始めるのかい、ペリー?」

　そう訊いたのはグッキーだった。ローダンをいぶかしそうに見ている。

「そうだよ、ちび。その時がきた。まずはロボット五台だ。いけるか?」

「いけるよ大将。でもその前に、行き先を訊いておかないと」

「もちろんだ」ローダンは精神を開き、美術品でいっぱいにしたサイロ倉庫を強く念じた。グッキーはテレパスなので、ローダンの精神から直接必要な情報を知ることができた。

「もういいよ」ネズミ＝ビーバーは片目をつぶっていった。「もうどこだかわかったからね」

　グッキーはまず二台のロボットに触れてテレポーテーションした。数秒後に戻ってくると、次の二台と共に姿を消した。

　その間、《アリシャー》は周回軌道にあった。ジャンヌはまだコースデータを請求しているふりをして、最終出発を遅らせた。ネズミ＝ビーバーにはもう数分必要だった。

　小さなイルトが息を切らして戻り、

「相当な巨体だよ」と、文句をいった。「それに、動きたがるしさ」

「きみならやれるよ、ちび！」

ローダンはかれを励ますように見た。グッキーがちょっとした評価をほしがることを、かれはよく知っていた。生きているメンバーの順番がくる前に、イルトは装備資材の入った大きなコンテナをふたつ運んだ。これだけで、ほとんどすべての事態に備えられる。

数分後、ローダンはひとり残された。ジャンヌの肩に手を置くと、もう一度その大きな瞳を見つめていった。

「ホーマーによろしくいってくれ。われわれの仕事は順調に進んでいるとね」

「伝えます、ペリー」

首筋に風があたり、グッキーが戻ってきたことがわかった。

「さあ、行くよ！」イルトは疲れきった口調で叫んだ。

ローダンが手を出した。

一瞬ひずむような痛みを感じたと思うと、周囲が変わった。五台のロボットが後方に並び、その手前でコマンド・メンバーが批評するようにあたりを見まわしていた。特に、美学を人生の座右銘としてきた三人のアノリーは、あからさまに侮蔑していた。

芸術は万人のためのものではない、とローダンは皮肉っぽく思った。これであとは待つだけだ……例の船がくるまで。そして船がきたら。

9　第二のチャンス

　ホーマー・G・アダムスは《シマロン》から指揮を執っていた。かれはここ数年で考えても、かつてないほど気持ちが張り詰めていた。かれの三隻の船は恒星ポリグラフから は探知の陰にあった。ペリー・ローダンが指揮していた最初の作戦のときと同じだ。今回はうまくいくといいのだが。

　アダムスは楽天的だった。

　難易度でいえば前回の半分程度だ。かれらは繁殖船が大規模な援軍とともにやってくることはないと信じるしかない。カンタロ船が三隻以上なら深刻な脅威だからだ。《シマロン》、《カシオペア》、《オーディン》は最新の技術で装備されているとはいえ、多勢に無勢となればどうしようもない。

　その夜、就寝中に最初のアラームが鳴った。四十秒もかからずにかれは司令室に飛びこんだ。

「なにごとだ？」

イアン・ロングウィンが操縦席前の小型モニターにその位置を示した。

「待っていたものとはちがうようです。永遠の船が五隻。それ以外に船はありません」

「そうか……。ほかの二隻と連絡をとれ。われわれは動かない。あちらの注意を引かないように。カンタロに見つかりでもしたら、こっちは死んだも同然だ。たとえ相手がロボット船だけだとしても」

「連絡はわたしが引き受けます」ラランド・ミシュコムが買って出た。

数秒後には《カシオペア》と《オーディン》に連絡が入った。探知の陰のなかで三隻はカンタロが加速して姿を消すまで待っていた。

四日後、かれらはさらに幸運に恵まれた。

それは一一四五年十二月七日のことだった。またしてもアラームが鳴ってアダムスはベッドから飛び起きた。寝入りばなだったが、数秒後にはすっかり目ざめて頭も明晰になった。

「こんどはなんだ？」

イアン・ロングウィンは関連データを自分のモニターに表示させた。

「こんどこそあれだと思います」と、《シマロン》船長が答えた。「待っていた甲斐《かい》がありました」

「そうか、イアン……」

アダムスは入念に探知データを確認した。すべて一致している。その船は全長が百メートルもないシリンダー型だ。形状は非常に不規則で、とても細く、たいらな上面からはアンテナのような突起が多数突き出ていた。

「《カシオペア》と《オーディン》へ。攻撃する！　打ち合わせた位置につけ！」

アダムスが見つめる探知スクリーンでは、恒星ポリグラフのコロナから緑のリフレックスが三つ飛び出し、中央にある真っ赤な点を包囲している。これにより、繁殖船の逃げ道はふさがれた。最新式のテラナー船はあらゆる点で優れていた。

うまくいった、とアダムスは考えた。あの船に生物は乗っていない。すくなくとも、知っていることすべてを根拠にすれば。そうでなければ、こんな行動はとれなかっただろう。

《オーディン》が砲撃を開始した。

即座に繁殖船の防御バリアが展開し、撃ち返してきた。《シマロン》は命中弾の勢いで振動した。繁殖船は反撃と同時に全ハイパー・チャンネルに救援を要請した。これ以上状況を悪化させるわけにはいかないとアダムスは決断した。その時がきたのだ。

「われわれも介入する」かれはイアン・ロングウィンに指示した。「防御バリアへ砲撃。目標コンピュータはシントロンが乗っとる」

繁殖船のエネルギー性バリアが揺らめきはじめたと思うと、繁殖船がいきなり加速した。ロボット制御システムはこれが最後の手段だとみなしたようだった。アダムスたちはそれを予想していたし、望んでさえいた。そして今、《シマロン》の出番がやってきた。シントロンが計測する。

狙いを定めた一発が、繁殖船の防御バリアに過負荷をかけ、バリアは崩壊した。

「《カシオペア》！」アダムスは通信で命じた。「きみたちの番だ！」

ロボット船はますますスピードを上げていった。

「あと十秒！」と、イアン・ロングウィンが告げた。「その後、超光速に切り替わる！」

その三秒前には《カシオペア》の砲塔からさらなる砲撃音が響いていた。エネルギー性の砲弾が命中した。高速にもかかわらず、砲撃は計算どおり正確に直径二メートルの破壊に成功した。

最後の攻撃と共に繁殖船は姿を消した。

ポリグラフの周囲には、三隻のテラナー船以外、なにもなかった。

「分析は？」と、アダムスが訊いた。

「ただちに！」

ラランド・ミシュコムが精密探知の数値をシントロニクスに入力した。

数秒後、繁殖船はハイパー空間に入るさいに特定のエネルギー・スペクトルを放射していたことがわかった。そこから考えて、船は破損していると推測された。しかもぴったり望ましい規模で。

「うまくいった」そうアダムスは確信した。

繁殖船は構造が損傷しているので遠くへは行けないだろう。そして修理がおこなえるもよりの惑星はクネッセムだった。

「あとはわれわれのデータが正しいことを、そしてペリーたちが成功することを願うだけだ」

10 修理

すべては平穏を保っていた。

ローダンの選んだサイロ倉庫の場所は、運のいいことに非常に好都合だった。みなセランを脱ぎ、手持ち無沙汰で待っていた。アノリーは哲学やテクノロジーについて延々と論争し、テラナーはたがいに相手をいらつかせていた。

アラームが鳴ったのは十二月九日だった。

今や無用の長物となった芸術品に囲まれて、グッキーがコンテナに入れて持ってきた探知機が点滅し、かすかに着信音が鳴った。つまりそれは、前もってプログラムに組みこまれた探知マーカーが本当に姿をあらわしたということだ。

ペリー・ローダンは一瞬で駆けつけた。

「なにが起こったんです?」やはり大急ぎでやってきたハロルド・ナイマンが訊いた。

「その時がきた」ローダンは勝ち誇った表情で仲間を見まわした。「ハロルド、きみのいうとおりだったよ! きみの計画はうまくいった」

「今はアダムスが自分の任務を果たしてくれるよう祈るしかないですね」と、ナイマンは答えた。「繁殖船が損傷しすぎていたら、すべて忘れましょう」

ようやく、三人のアノリーがあわてることなく近づいてきた。ローダンはこの時がきても落ち着きはらったデグルウムたちがうらやましいと思った。今ほどメンタリティのちがいを強く感じたことはなかった。

デグルウムは、その着信音の意味を知っていた。急ぐ必要などないではないか？　人間のような体つきの背の高い異人は、はたして正しかった。

「推進力がかなり不安定だ」ガリバー・スモッグが告げた。

「そうだな」ティリィ・チュンズが甲高い声で補足した。ブルー族の声から興奮が伝わった。「かれらがここまでこられたのが不思議なくらいだ」

「知りたいのはかれらがどこに着陸するか……」その声はナジャ・ヘマタだ。

「もちろん宇宙港だ」とローダン。「おおよそ《アリシャー》がとまっていたあたりだ」

かれのいうとおりだった。半時間後、繁殖船は無事着陸した。不時着もしなければ爆発もなかった。

だが、すべてが計画どおりに進んだわけではない。赤く動かない船のリフレックスの縁が濃くなった。

ハロルド・ナイマンとグッキーは遠慮会釈なく悪態をついた。

「まったく不要じゃないか！」

「なぜこんなことをする？」

ローダンも、その縁がなにを意味するのかすぐに理解した。繁殖船が防御バリアを展開したのだ。つまり船の破損個所は破損していないのと同じになってしまった。これではローダンたちがなかには入れない。

「これは四次元バリアなのか？」と、ローダンが訊いた。

ほんの数秒で測定された。

「いいえ」ナジャ・ヘマタが説明した。「残念ですが五次元です。ほとんど振り出しに戻ったようなものです」

テレポーターのグッキーは、五次元バリアを通り抜けることはできない。

「だが、こちらに有利なこともある。船は修理が必要だ。おそらくそのときがチャンスだ」

*

最初に策を思いついたのはアノリーだった。

「提案があります」デグルウムがトランスレーターを介して話しはじめた。「技術的側面をじっくり検討し、テレポーターが使えるという前提です」

「ほらね！」とグッキー。「わかった？　ぼくがいないとだめなんだ！」

「そのとおりです」デグルウムは動じることなく認めた。「見たところ、この宇宙港にはつねに二百隻から三百隻の宇宙船が停泊しています。そのうちの約五パーセントは重武装船です……」

「それを使えば、繁殖船の防御バリアを突破できます」と、シルバアトが割りこんだ。

「そのとおり」デグルウムは、女アノリーの気を引こうとするライバルを一瞥もせず続けた。「グッキーが武装船のひとつにテレポーテーションして武器コンピュータの接続を切り替えるという作戦です」

「そのあとは？」ペリー・ローダンは続きを要求した。

「細工をした船が直接繁殖船を砲撃すれば、防御バリアは崩壊します。続いて武装船を爆発させます。コンピュータが故障したらしいということで、だれも疑わないでしょう。手がかりも残りません」

「いい考えだとは思う」ローダンは考えこんだ。「だがなぜほかの船は砲撃しない？」

「ほかの船は防御兵器、すなわち防御バリアを作動させていないからです。納得できる理由でしょう」

「砲撃範囲を広げることも可能です」とガヴヴァル。「問題は軽微です」

ローダンは考えこんだ。

「この提案は受け入れられない」五分は過ぎたころにようやく決断した。「理由はふたつ。第一に、同一の繁殖船が飛行中に偶然二度も攻撃される確率はきわめて低い。カンタロはそんな偶然を信じないだろう」

「チャンスがないよりはましでしょう」とシルバアト。

「ではふたつめは？」と、デグルウムが訊いた。

「第二に、あなたがたの計画では犠牲者の数が多すぎる。操った船が撃たれるだけではない。場合によっては繁殖船やほかの船も巻きこまれる」

「つまり」と、ハロルド・ナイマンが割りこんだ。「大惨事になるだろう」

こんどはデグルウムとほかのふたりが考えこむ番だった。

「それは認めます」《ヤルカンドゥ》船長が口を開いた。「わたしたちは技術面のことしか考えませんでした」

＊

グッキーは見晴らしのいい絶好の場所を見つけた。ペリー・ローダンは港湾施設全体を見渡せる、高くそびえ立つ通信塔のてっぺんにかれをテレポーテーションさせたのだ。

修理作業はかなり変わった方法で進んでいた。予想に反して大人数の動員はなかった。

そのかわり、港湾長が繁殖船の周囲に立ち入り禁止区域を設けた。おそらくカンタロ上層部から厳密な指示があったのだろう。

砲撃された宇宙船について必要以上に知る機会はだれにも与えてはならないのだ。紺色の不透明なエネルギーでできた高いフェンスがその区域を封鎖していた。片隅には資材倉庫が設置されている。損傷の種類にぴったり合わせて調整されているようだ。ローダンは資材から損傷ぐあいを推測しようとしたが無理だった。繁殖船内部の情報がまったく不足していたからだ。

「見て」強風にあらがうようにイルトがいった。「文字が見えるよ、ペリー！　カンタロ語かな？」

「そのようだ」ローダンは見慣れないシンボルにセランの精密カメラを調節し、ピコンピュータとセラントランスレーターを接続して翻訳させた。「《ムルカダム》と読める。すくなくとも名前は判明した」

「ねえ！　下でなにか始まったよ」とグッキー。「やっとだ！　そろそろ時間だ！」

「われわれをテレポーテーションさせてくれ、ちび」

「ディフレクターは？」

「準備完了」

ネズミ＝ビーバーといっしょにローダンは姿を消した。テラナーは次になにが起こるのかをすでに知っていた。グッキーは短距離のテレポーテーション・ジャンプで繁殖船のすぐ上、およそ五百メートルの高さにそれを運ぶと、その位置にテレキネシスで固定した。カメラがまわされた。

遠くにいるローダンに見えたのは、十台の修理ロボットとひとりのテラナーだった。かれらは封鎖を通り抜け、相当な長さのエネルギー性トンネルを通って繁殖船に到着した。そこに短時間、小さな構造亀裂ができた。

「この亀裂の隙間を使えるか、グッキー？」

「どうかなあ、ペリー……まず無理だね。こういうバリアを展開してから隙間を作ってるってことは、たいてい保護してあるよ。この下にはカンタロ船がある……船には強力なプシ防御装置があるね」

「まあそうだな。きみのいうとおりだ」

ローダンは、そううまくはいかないなと考えこんだ。うまくいったらすばらしいだろうが。グッキーはさらに二分間持ちこたえたが、なにも起こらなかったので、テレポーテーションでサイロに戻ってきた。出迎えた全員が、好奇心でいっぱいだった。

それから数時間、かれらは動画記録を高精度分析した。記録にはすべてがうつっていた。保安部隊が囲いを制御する操作台、修理ロボット、さらに現在《ムルカダム》内で作業の指揮を執るテラナーの顔まで。

「えいくそっ」ハロルド・ナイマンが悪態をついた。「どうすりゃいい？　今までの苦労はなんだったんだ！」

「そう慌てるな、ハロルド」ローダンはなだめるようにその肩に手を置いた。「勝負がつくのはまだまだ先だ。さしあたり必要なのは監視所だ。グッキーに通信塔まで連れていってほしい者はいるか？」

「わたしがいきましょう！」とガリバー・スモッグ。「ここでこれ以上退屈する前に……」

「わたしもいっしょにいきます」とナジャ・ヘマタ。

「よし」ローダンは満足してうなずいた。「すくなくともこれで少しは前進だ」

＊

ペリー・ローダンは深い眠りから目ざめた。だれかがかれの右肩を揺すったのだ。起き上がってみると、ハロルド・ナイマンだった。

「なにごとだ？」

《カシオペア》の男は興奮していた。

「いい考えがあるんです、ペリー！」

ローダンはうなずいた。

「大きな声で話せる場所へ行こう」

ローダンは立ちあがると、ナイマンのあとについて二階に向かった。そこには一階と同じように例の美術品がぎっしり詰めこまれていた。

「これでいい！　なにを思いついたんだ？」

「あらゆる可能性を考えてみました。眠りに入る前にほんの一瞬だけ。わたしがいちばんささえている時間なんです。そこでひらめいたんですよ。修理作業を監督している男に近づくのがいちばんんだと思います。決定的な手がかりを与えてくれる人物がいるとすれば、それはかれです」

「自分の意思で情報を与えてくれることはまずないと思うがね」

「わたしだってそこまでばかじゃないですよ、ペリー。かれを行方不明にして尋問するなんてできるわけがない。でもこっちにはグッキーがいる。テレパシーで情報を探り出させましょう」

ローダンはこの方法の優れた点をすぐに理解した。

「いい考えだよ、ハロルド！　ではそれでいこう。あとは、任務に戻るようちびを説得するだけだ……」

ふたりのあいだにネズミ＝ビーバーが実体化した。

「偶然聞いちゃってね。ぼくを見そこなっちゃだめだよ、ペリー」そういって一本牙をむきだした。この状況をイルトのちびが喜んでいる印だ。

「本当に大丈夫かなあ？」ローダンは冗談めかして訊いた。「ちょっと疲れているんじゃないのか？」

「そのとおりさ。それどころか、ぼかあ疲労困憊《こんぱい》だよ、ブリーならきっとそういうだろうな。でもその男はまだ外に出てこないね。その時がきたら起こして！」

ぽん、と音を立ててイルトはふたたび姿を消した。

残されたローダンとハロルドはにやりとした。

「イルトがいてくれてよかった」とナイマン。

ローダンは通信機を起動し、ナジャとガリバー・スモッグに連絡した。部外者には騒音に聞こえるよう、ピココンピュータはその言葉を細切れにした。

＊

「教えてくれよ、グッキー！　いったいどうしたんだ？」

みんながイルトを質問責めにした。かれはおうような身ぶりでヘルメットをうしろに折り返し、数歩歩いてようやく腰かけた。アノリーだけは、この騒ぎに平然としていた。

「さあ始めてくれ、ちび」ペリー・ローダンが頼んだ。「なにがわかった？」

「今は眠っている」とネズミ＝ビーバー。「名前はアンウィルケン」

数秒間、沈黙が続いた。

「それで？　それでぜんぶか？」

「もちろんちがうよ」イルトは腹を立てていい返した。「ぜんぶ探り出したさ。アンウィルケンはわざわざ転送機で別の惑星からやってきた。カンタロ船を修理できる数すくない人間のひとりだから呼ばれたんだ」

「それで？　修理はどこまで進んでいるんだ？」と、ローダンが訊いた。

「かなり。残念だけど。あすには終わる。次のシフトは五時間後だ。それまでアンウィルケンはホテルで眠る。これで本当におしまいだ。それ以上のことはわからなかったよ」

「ありがとう、ちび」ローダンはネズミ＝ビーバーがセランを脱ぐと、首筋の毛をやさしくなでた。「充分役にたつ情報量だったよ」

＊

当初、ペリー・ローダンは通信塔に戻ろうとしたが、ちがう決断をくだした。コンテナからターミナルとスクリーンを出して組み立て、自分のピココンピュータから動画をうつしだした。グッキーとふたりで繁殖船の上から撮影したものだ。

くりかえし、数すくない出来ごとを再生した。

ここになにかヒントはないか？　ローダンは懸命に考えた。藁《わら》にもすがる思い、といえばいいだろうか。漠然とした手がかりから、計画を前に進めるための具体的なアイデアを生みだす必要があった。ハロルド・ナイマンにはそれができた。そしてローダン自身も、すくなくともナイマンと同じ程の能力を二千年以上にわたって発揮してきたのだから。

ローダンはアンウィルケンに集中して考えた。

男の行動を何度も何度も見返した。かれはまず検問を通り抜ける。エネルギー・フェンスの穴から入り、トンネルを百歩歩いてから船のなかに消える。

もう一度同じ場面をくりかえした。防御バリアや反プシ・フィールドが何重になっていても、グッキーが侵入する方法はないだろうか？　アンウィルケンが繁殖船に入るときはどうだ？　だめだ……

仮にできたとしても、イルトが自分とチーム全員を連れ、しかもほんの一瞬で、どうやってその隙間を通るのだ？

まあ無理だろう。

ローダンの視線は、アンウィルケンと背格好が同じナイマンに注がれた。身長百八十センチメートル弱、細身だが強靭《きょうじん》でたくましく、丸顔。なんという名案だ！　ナイマンにマスクを着けさせ、アンウィルケンと入れ替える。

興奮したローダンはもう一度動画を再生した。だめだ。トンネルに入る前に厳しい検問がある。どんなに精巧なマスクを着けても、ハロルド・ナイマンはここで見抜かれるだろう。IDパターンがちがうのだから。

それでもローダンは思考の糸をたぐり続けた。

「ナジャ！　ガリバー！　わたしの質問に答えてくれるか？」

ふたりは興味津々でローダンのところへやってきた。

「どういうことです、ペリー？」

「簡単なことだ。アンウィルケンはトンネルに入る前に検問を受ける。それは動画にうつっている。だが、そのあとはどうだ？　出てくるときは？」

「ううむ……」ガリバー・スモッグはぶつぶついいながら考えていた。「そうか。かれは出てくるだけで、検問もなにもない」

「確かに！」とナジャ・ヘマタ。「ガリバーのいうとおりです」

「ありがとう、ふたりとも。それだけだ」

ローダンはもう、ふたりがなにを訊いても上の空だった。いいだろう、とかれは考えた。はじめて、ほんの少し幸運に恵まれた。だが、いったいどうすればいい？

この状況を利用するには、繁殖船内でアンウィルケンとナイマンを入れ替える必要があった。

そしてその船は、防御バリアで包まれている。

ローダンはかんしゃくを起こして悪態をついた。結局打つ手はないのか？　ささいな思いつきなど無価値だ。だがそのとき、かれは手がかりを見つけた。検問所から繁殖船入口までにかかる時間は数秒だ。

しかもそれはトンネルのなかだ！

トンネル内でアンウィルケンはなんの保護もされていない。

監視員がかれの動きを追っているだけ……ローダンは最後にもう一度動画を再生した。監視員の視線は重量のある修理機械本体に注がれ、前を進むアンウィルケンはトンネル内に消えていく。

それだけだ。監視員はアンウィルケンだけを見ているわけではなかった。初回と変わりなければ、かれの視線は十台の機械の背中にとどまったままだ。グッキーはあわてることなくアンウィルケンを誘拐し、マスクを着けたハロルド・ナイマンと入れ替えることができた。

なんて複雑な計画だろう。そして、それだけでは終わらない。たとえ数秒間でも、ナイマンはなんとかして防御バリアを無効にする必要があった。それに、最後はアンウィルケンがいないことに決して気づかれてはならなかった。つまりナイマンは気づかれずにふたたび外に出なければならない。

それでも、とローダンは考えた。なんとかなりそうなアイデアがあった。かれは今までに何度も、あやふやなアイデアを信じて勝利している。

今回の件もそうなるといいのだが。

かれはこのコマンドの参加者を全員集めた。

「わたしに考えがある。すべてはハロルドの〝襲撃〟で始まる……」

「わたしですか？」ハロルド・ナイマンは驚いた。

「そのとおりだ。きみにはちょっと着替えてもらわなければならない」

11　妨害工作員

　ハロルド・ナイマンは不安だった。

　ペリー・ローダンが提案した計画のことを考えただけでパニックにおちいった。だがほかに解決策はなさそうだ。

　ナイマンは押し黙ってじっと動かなかった。ローダンとナジャ・ヘマタは、ヴィッダーが持たせてくれたマスク・セットであたらしい顔を作成した。ピココンピュータを使って何度も中間段階をチェックした。

「うまくいくわ、ハロルド」ナジャはそういい続けた。やはり興奮していたが、彼女の場合は不安よりも喜びのほうが大きかった。

　どういうわけかナイマンはそのことを喜んでいた。彼女のばかにしたような表情に、もう耐えられなくなっていたから。そして、彼女ではなくかれが正しかったから。まだ作戦は進行中なのだ。

　かれは、知らない惑星からきた技術者アンウィルケンに、どんどん変身していった。

ナイマンは、ほかの人たち、すくなくともアンウィルケンをよく知る人たちとは関わり合いがない。それも、繁殖船を離れるときだけの関係だ。かれに求められるのは、気づかれないように姿を消すことだけだ。

グッキーは本物のアンウィルケンを惑星の辺鄙《へんぴ》な土地におろすだろう。自分がどうやってそこにたどり着いたのか、本物は首をかしげることになる。直近の二日間のことも覚えていないだろう。イルトがその口に流しこんだ薬のことも。

「早くしろよ」ガリバー・スモッグが急き立てた。「あと半時間しかない」

もうそんな時間か、とナイマンは思った。どうすることもできないまま、かれのパニックはますますひどくなっていった。落ち着いて呼吸をコントロールし、頭のなかですべての行動をイメージする……問題は修理ロボットだった。ナイマンはロボットを操縦できるだろうか？　本当に自分たちが考えているような原始的な機械なのだろうか？　ロボットの目であるレンズの真ん前で入れ替わって、気づかれないだろうか？　おそらく大丈夫だろう。たいていのサービス機械は、だれが命じてもまったく同じように反応する。

ナイマンはグッキーを信じて任せることにした。

ロボットがアラームを鳴らしたら、どっちみちすべて終わりだ。そうなれば、イルトはかれを遠慮なく自由にできる。

「時間だ」

ナイマンは慎重に背筋を伸ばし、鏡面にうつる自分の姿を見た。よし、どっちがどっちかわからないくらいアンウィルケンに似ている。すくなくとも一見したところは。

「服を着ろ、ハロルド。グッキーがデパートで必要な服を盗んできた」ローダンが心配そうな表情を見せた。「問題はないか？」

「もちろんです」

「きみが冒すリスクがどれほど高いか、よくわかっている。気をつけてくれ。きみに今いってやれるのはそれだけだ」

服はぴったりだった。本当に完璧だ、とナイマンは思った。

「ちび！」と、ローダンが呼んだ。

ナイマンがグッキーを見ると、セランを着たまま目を閉じていた。

「アンウィルケンをテレパシーで追跡しているんだよ」ネズミ＝ビーバーは意識を集中しながら小声で告げた。「もうすぐだ……ジャンプするよ！」

次の瞬間、イルトは恐怖で息がとまりかけた男を連れて戻ってきた。

「やつらはなにも気づかなかったよ、さあ、ハロルド！」

かれは本能的に手を伸ばしてグッキーにつかまった。周囲のすべてが変化した。

＊

背後で騒音が響きわたった。ハロルド・ナイマンが本能的に振り向くと、金属製の巨体が近づいてくるのが見えた。その巨体には重い交換部品が詰まっている。とまらないな、と思った。踏み潰されそうだ。

けれどもそうはならなかった。最初はゆっくり、次に徐々に速度を上げて、修理機との距離を保ちながら移動した。周囲はトンネルの強烈な青い光に満ちていた。トンネルの終わりに、開いているハッチが見える。そこまでたどり着かなければならない。

ナイマンは速度を速めた。

ハッチはよくあるタイプに見えたが、信じられない気持ちになった。こんな平凡なハッチを開けるために、これほどの労力をついやすとは！　プラスティック製の階段をのぼってあたりを見まわすと、ロボットが推進装置を使ってあとに続いていた。

敷居はなんの障害にもならなかった。成功だ！　内部に入ったのだ！　ここからは熟知している。すべてはヴィッダーのトレーニングプログラムが催眠作用でかれに植えつけたとおりだった。どのドアも正しい位置にあり、すべての物が正しい位置に置かれていた。最初の損傷はすぐにわかった。ちぎれたエネルギー導体や壊れたシントロン分配中継などだ。

破損していない倉庫には繁殖用素材が入っていた。そこには特別に安全装置が設置されているので、用心のため近づかなかった。

まずこれから片づけるおおよその仕事を把握したい。それは船のサービス・コンピュータに相談するだけでよかった。それがいちばん簡単でベストな方法だ。

ナイマンは自己満足してにやりと笑った。

すべてがスムーズに進み、なかば無我夢中で作業した。

三時間ですべての準備が整った。数秒後には決定的な操作をおこなう。エンジンの最初の試運転が迫っていた。かれは意図的に重大なエラーを組みこんでいた。それによって生じる破壊があまり大きくならないように配慮して。すくなくともこの船が確実にサンプソンに到着するように。

「用意！」と、ナイマンが命じた。

繁殖船唯一の大機械室にいるロボットたちは黙々としたがった。その重く巨大な塊りが移動し、コンマ数ミリの精度で停止した。

「わたしの合図で……今だ！」

想像を絶する轟音《ごうおん》が響きわたった。ナイマンは表示バッテリーの激しい動きを見つめた。突然、中央ラインプロジェクターが爆発し、その圧力でかれは床に投げ出された。

照明が消え、船全体のエネルギーが消滅した。

今だ、グッキー！　かれは必死で念じた。そう長くは待っていられない！　この故障を大至急もとどおりにしなければならない。

イルトに通じたことを示すものはなにもなかった。もちろん、ない！　しかし、すべてが順調に運んだとしたら、ローダンたちはその瞬間に、破壊をまぬがれた船のどこかに隠れているはずだ。

ナイマンはゆっくりと作業を再開した。

「照明をつけろ」と、修理ロボットに命じた。次の瞬間、明るい光が暗闇をつらぬいた。

「あたらしいプロジェクターをこちらへ。どこに故障があるか見つけだす」

十分後、防御バリアがふたたび展開された。グッキーが無事仕事を完了しているといいのだが。さらに三時間重労働を続け、最後にはすべてうまくいったと確信した。

繁殖船はいつでも出発できる状態に戻った。

これ以上、船内にとどまる理由はない。外にいる監視員が疑り深くなければの話だ。これからがいちばんむずかしいところだ。たったひとことで、正体がばれることだってある。アンウィルケンが外の人々と必要以上に交流していなければいいのだが。

「行くぞ！」と、かれは大きな声で命じた。「ついてこい！」

ロボットはおとなしくかれのうしろに続いた。

「もとどおりに修復できましたか？」

その声は妙によそよそしかった。だがナイマンは、その声に嫉妬が含まれていると考えた。簡単そうな修理のためにわざわざ専門家を呼んだことが、かれらの気に入らないのだ。しかも別の惑星からときた。まるでクネッセムには専門の技術者がいないみたいではないか。

そうだ、そうにちがいない。

かれらの好意の裏に、ナイマンは嫉妬と敬意を感じた。カンタロの施設に出入りできるとは、いったいどんな人物なのか？　天才なのか、それともクローン奴隷か？

「この船は出発可能だ」と、ナイマンは答えた。

「それで？　被害はひどいものでしたか？」

「あなたがたには関係のないことだ。質問は控えるように」

間接的な脅しが功を奏した。監視員はもうだれも話しかけてこなかった。ナイマンは宇宙港の建物のほうに進んだ。役人の検問なしで通過し、気がつくと外に出ていた。

まるで夢から覚めたようだった。

これは現実なのだ。

＊

「問題ありませんか？」と、監視員が訊いた。

そして仲間たちがなにか重要なことを忘れていることに気づいた……ペリー・ローダンやグッキーたちは今、繁殖船内にいる。かれらは無事で、出発を待つのみだ。いつ出発になってもおかしくない。

ところがナイマンはアンウィルケンの不出来な替え玉としてクネッセムをうろついている。たちまち疑問が湧いてきた。自分はどうなるんだ？　どうやって連絡すればいい？　いったいその手段はあるのだろうか？

まるでこん棒で殴られたような衝撃だった。

パニックがかれを襲った。ナイマンはあらがう気持ちにもなれなかった。苦痛に満ちたうめき声を上げながら、宇宙港のフェンスに沿ってあてどなく走った。よろめいては、気をとりなおして立ちあがった。なんてすばらしい眺めだろう！　作業用コンビネーションを着た汗だくの汚い男。鼻の位置がずれているかもしれないし、頬はべとべとだ。

ナイマンは歩き続けた。

あのうしろに《ムルカダム》がある。かれは青いエネルギー製フェンスが消えるようすを見ていた。残っているのは宇宙船の五次元フィールドだけだった。グッキーが通過できないバリアだ。

ナイマンはなにが起こったのかに気づいた。もちろんまだ力つきていない。どうにかしてクネッセムから逃げ出し、どこかで自分の暮らしを立てなおすことができるかもしれない。あるいはなんとかしてヴィッダーに連絡をとり、《カシオペア》に戻れるかもしれない。

いいや、たいへんな幸運に恵まれないと無理だろう。いずれ当局に捕らわれるのが落ちだ。尋問されて、知っていることを漏らしてしまうことになるだろう。

ナイマンはもうしばらくゲームを続けることにした。そっとマスクに触れて確かめた。大丈夫、すべて正常だ。これなら間違いなく続行できる。深呼吸すると、きた道を戻っていった。穏やかなのは外面だけで、鼓動は速いままだ。走りながら、疑うような視線が繁殖船に注がれた。どうしてこんなトラブルが起きたのか？　どんな言いわけができるというのか？

かれは宇宙港の建物の前で無人の浮遊タクシーを見つけ、「宿舎まで」と命じた。

はたして、タクシーは宿を知っていて、宇宙港にほど近いタワーまで連れていかれた。アンウィルケンのホテルにちがいない。ナイマンはロボットのボーイに部屋まで案内させた。そこらへんに私物がいくつか置いてあった。アーチ形の窓からはほぼ百八十度、景色が見渡せた。

ここからでも、防御バリアの明るいきらめきを確認できる。かれははじめて静かに考えた。ローダンは最終的にどうなるかわかっていたのだろうか？　ナイマンはそうは思いたくなかった。ぞっとするような結論に達するだろうから。そうだとすれば、ローダンは故意に自分を犠牲にしたことになる。

「くそったれ！」と、おさえきれずに叫んだ。「最低最悪だ！」

12 侵入者

　グッキーは緊張をほぐすのに数秒かかった。ハロルド・ナイマンが無事入れ替わったことは確かだ。《カシオペア》の男は、比較的落ち着いてエネルギー製トンネルを通り抜けた。

　グッキーはまだかれの思考パターンを感じていた。ナイマンが繁殖船に入ったら感じなくなるだろう。かれは少しためらったが、思いきって続けた。ナイマンの思考には暗いハッチチャンバーのイメージがあった。そしてそのあとは……もうなにもなかった。ナイマンを見失ったのだ。

　グッキーはテレポーテーションでサイロ倉庫に戻った。

「どうだった？」ペリー・ローダンが心配そうに訊いた。「うまくいったか？」

　ガリバー・スモッグとナジャ・ヘマタが期待に満ちた顔で近寄ってきた。「うん！どうしてさ？」

　ネズミ＝ビーバーは自信たっぷりに一本牙を見せた。

「終わったよ！　なんだと思ったんだい？　うまくいかなかったらハロルドを連れて帰っていたよ」

「かれはなかにいるのか」ローダンは確認のためにもう一度訊いた。

「いるよ」

グッキーの視線は、特別に醜い彫刻の隣りにぐったり横たわる身体に注がれた。それは本物の技術者で、ハロルド・ナイマンの〝前任者〟だ。ガリバー・スモッグの思考から、かれらがこの男を麻痺させたのだと察知した。

「これからは、ぼくがアンウィルケンの世話をするよ」とネズミ＝ビーバー。「薬は？」

「まだだ」とローダン。「これからだ」かれのうしろに装備品コンテナがあった。そのなかからテラナーは小さな袋をとりだし、なかからごく小さなカプセルを出した。

「分量は？」と、ナジャ・ヘマタが訊いた。

「心配するな。われわれはかれに害を与えるようなことはしない。身体に合わせて自動的に適切な量が投与される。かれは過去二日間の記憶を失う、それだけだ」

「それから？」

「それからグッキーがかれをどこか人里離れた場所に置いてくる。かれの意識が戻るころには、ハロルドは《ムルカダム》を離れ、だれにも監視されない場所にいるはずだ」

すべてがぴったり合っていた。

グッキーはテレキネシスでローダンの手からカプセルをとり上げた。ローダンはアンウィルケンの口を開けている。カプセルはゆっくりのどをすべり落ちて胃に収まった。そこでようやくイルトは手をはなした。

「じゃあ、かれを連れて消えるよ。あとでね、ペリー！」

技術者のぐったりした手をしっかりつかむと、非実体化した。十分後、かれはぴったりの場所を見つけた。眼下には隣りの市からすくなくとも百キロメートルは離れた山岳地帯が広がっている。交通の便はほとんどない。

イルトは山並みの端に小さな芸術家村を見つけた。ここだ！　アンウィルケンを連れてテレポーテーションし、最初の集落が見える場所に男をおろした。アンウィルケンが目ざめたとき、すくなくとも自分がどこに行けばいいかわかるだろう。

かれは〝悪者〟ではないのだから。

グッキーは満足そうににやりと笑った。意識を集中してローダンの思考パターンを読みとると、テレポーテーションで戻った。サイロ内はなんの変化もなかった。テラナーとアノリーはなにもせずただ待っていた。全員セランを着用し、フル装備だ。

「注意してくれ、ちび」とローダン。「ハロルドがなかに入ってもう半時間以上すぎた。防御バリアがいつオフになってもおかしくない」

グッキーは、自分しだいだということをよくわかっていた。ローダンはそれ以上説明する必要はなかった。ハロルド・ナイマンが繁殖船内で実際にどのような状況に置かれているかはだれにもわからない。状況に合わせなければならないし、その瞬間がくるまで、長時間待つかもしれなかった。

だが、いつかその時がくる。

そうなればすばやい行動が必要だ。

グッキーは壁にもたれてくつろいでいた。そこから精神的触角を繁殖船の方向に向けて聞き耳を立て、あらゆる時間感覚を失った。ハロルド・ナイマン。かれの思考の典型的な輪郭をグッキーは熟知していた。何千もの思考のなかから、ただちにかれのパターンを見つけられるだろう。

数時間後、イルトの身体がぴくっと動いた。思考インパルスがかれのフィルターを突き抜けたのだ。ナイマン！　バリアが消えた！

「なにごとだ？」

ローダンはイルトの横にしゃがんで、わずかな身動きも見逃さないよう注意した。数秒後、グッキーは文字どおり爆発的に動いた。飛び上がったと思うと二台のロボットをつかんだ。ヒュプノ学習によって繁殖船内部は知りつくしている。

かれが実体化したのは小さな倉庫だった。

もちろんだれも見あたらない。

その場所に問題はなかった。探しまわる時間もない。ふたたびジャンプすると、さらに二台のロボットを運び入れ、先ほどのロボットの隣りに置いた。

二秒間隔で残った《カシオペア》のメンバーとアノリーの三人を連れてきた。

そしてペリー・ローダンの番がきた。

「ちょっと待ってくれ、ちび！」

「どうしたんだい？」グッキーが息を切らして訊いた。「早くして、さあ！」

「起爆装置を作動させなければならない！」

ローダンはふたつの装備品コンテナにてこずった。かれはあたりに転がっているものをすべて投げ入れ、小型の分子破壊爆弾を起動させた。万が一計画完了前にサイロが開けられたとしても、だれも疑念を抱かないように。戦闘資材やマスク材料の詰まったコンテナがふたつもあったら、疑いをもたれるだろう。

「よし！」

グッキーはかれの腕をつかむと、ナジャ・ヘマタの思考を目あてにテレポーテーションした。グッキーは疲れきっていた。これほど短時間にこれほどの重責を負わされたのだ。それはかれの処理能力を超えていた。サンプソンでの困難仕事も控えている。

「ハロルドはどうなったの？」とナジャ。

グッキーはもう一度自分のテレパシー感覚を呼び覚ました。

「うまくいってるよ」その声は眠そうだった。「かれはよくやったよ。危険はない、ぼくたちもここでは安全だ」

＊

「ナイマンは仕事を終えたよ」一時間後、グッキーが報告した。意識を集中して、その男の足どりを追った。「ハロルドが船を出た。そのうしろをロボットが続いている。今、ハッチを通り抜けた……そしていなくなった。ハロルドを見失っちゃったよ」

「それなら、検問を通過中だろう」ブルー族のティリィ・チュンズが推測した。「うまくいくといいが。それから……」

「それから？」突然グッキーが驚いて訊き返した。「そんなばかな」

全員が不安げに顔を見合わせた。なにが起こったのだ？　グッキーは、おおいそがしの最中にミスを犯したことに気づいた。初心者でなければしないような重大なミスだ。

「なんてことだ」ペリー・ローダンがうめいた。「ハロルドを忘れていた。かれは外に出てしまった。それは計画どおりだ。でも、どうやったらかれを戻せる？」

答えはなかった。

「ぼくは行けないよ」グッキーが沈黙を破った。「またバリアがはられちゃったから」

「そしてハロルドは外で迷子になっている」ナジャ・ヘマタは今にも泣きそうな顔をしていた。「なんとかしないと」

「サンプソンから戻るときに連れ帰れるかもしれません」と、デグルウムが提案した。

「わかりきったことだと思っていました。わたしたちアノリーは、最初からこうなると予想していましたから」

「わかっていた？」エルトルス人がいきり立った。

「もちろんです」とデグルウム。

「みなさんはちがうようですね」と、ガヴヴァルがつけ加えた。

「ええ」とシルバアト。「なぜこんなことが起こるのでしょう？　どう見ても明らかでしたが」

「そんなことを訊かないでくれ」と、ローダンが頼んだ。「われわれ自身にもどうしてかわからない。単に、先のことを充分に考えていなかっただけだ」テラナーは怒りで髪をかきむしりそうな顔をしていた。

ふと、グッキーが思いついた。

「じゃあ、こんどはもっとうまくやらなくちゃね！」突然、イルトの機嫌がよくなった。にやりと笑うと、一本牙を使って口笛を吹いた。「テレポーテーションしてハロルドを探すよ」

「そんな簡単にできるのか?」ティリィ・チュンズは皮肉たっぷりだ。「バリアがあるのを忘れたか」

「いや、忘れてないさ！　よく考えなよ！　今ぼくたちは船のなかにいる。ぜんぶの機器が操作できるんだ。コンピュータもね。内部監視もないし」

「バリアはオフにはできないわよ」とナジャ・ヘマタ。「そんなことしたらすぐ気づかれる。そうなれば外から調べられるかもしれない……」

「ちがうよ、ちがうんだ。オフにするのは五次元要素だけさ。それにはだれも気づかないし、ぼくは捜索に出かけられるってわけ」

数秒間の沈黙ののち、ローダンが即断した。

「そのとおりだ。さあ、始めるぞ。正しいスイッチを操作しないといけない」

それには十五分もかからなかった。

時間が充分あればいいけど、とグッキーは思った。《ムルカダム》はいつでも離陸可能だったからだ。それまでにハロルドを連れて戻らなければならない。かれは意識を集中してジャンプした。

13　サンプソンへ出発

　ハロルド・ナイマンはまだ窓ぎわでぼんやりしていた。かれにはなぜかわからなかった。こんなことが起こるなんて。ローダンがいれば、なにがあっても安全だと思っていた。そうとはいえないということを、ようやく理解した。どんな場合もそうとはかぎらない。自分でも考えなければいけなかったんだ。

　涙で視界がぼやけた。

《カシオペア》やほかの船で航行するのが好きだった。もちろん手に入らないものもあった。航行中は充分広い空間は望めないし、広い草原もないし、近所にデパートや巨大競技場もない。それでも充分満足していたことに、今になって気づいた。

　それももう、すべて過ぎ去ったことだ。

　今は生き残るために戦わなければならない。最悪なのは、ひとりでやらなければならないということ。

　ナイマンは振り返ると、ソファの上に置かれたアンウィルケンの荷物を片づけて腰をおろした。そして、観念して目を閉じた。いいだろう。もしそれが必要なら、数時間寝て食事をし、次のステップを考えよう。

かれにできるのは《カシオペア》のキャビンを夢見ることだけだ。

突然、物音がした。

ナイマンは警戒して目を開けた。開いている窓からすきま風が吹きこんだのか？　いやちがう。そんなはずはない。

「起きろよ、この怠けものめ！」

甲高い声にナイマンは驚いて身をすくませた。よく知っている声が、急に大好きになった。

「グッキー！」

「ああ、ぼくだよ！」イルトは両手を胸にあて、恩着せがましいジェスチャーをした。「なに考えているんだよ、この愚か者め。ぼくらがきみを置き去りにするとでも思ったのかい？」

「正直にいうと、そのとおりさ」

「まあ、もう少しでそうなるところだったんだけどね」イルトは急に打ちひしがれた。「でも、もう行かないと。どうやったかは《ムルカダム》で話すよ」

＊

一一四五年十二月十五日、かれらは繁殖惑星サンプソンに到達した。

ペリー・ローダンとハロルド・ナイマンたちは繁殖船の仮設司令室にいた。ここからは位置探知表示と宇宙船のコース監視が可能だった。

すべては平穏を保っていた。生死の境界線を越えたばかりということを示すものはなにもない。

今やすべてが淡々と進んでいく。ナイマンはひとり考えていた。

まず、あらゆる努力、あらゆる絶望、あらゆる苦労があった。今は、ただ待つだけだ。

周囲の宇宙には、無数の宇宙要塞と永遠の船がある。ここは聖なる場所だ。

カンタロの繁殖惑星！

ここに足を踏み入れるという絶望的な試みのなかで、いったい何人のヴィッダーがこれまでに命を落としただろう？　わからない。サンプソンは生命が生みだされる惑星だ。だが死の惑星でもある。

突然、三日前に自分がこの任務を切望していたことが信じられなくなった。クネッセムに置き去りにされたほうがよかったのか……

実にいやな予感がかれを襲った。

だがナイマンはどうにか気をとりなおした。なんの支障もなく着陸し、船内の検問もなかった。繁殖船は航行コードを放射して無事に承認された。

「始めるぞ！」と、ローダンが呼びかけた。「全員準備態勢につけ！　特に今回もきみだ、グッキー」

「ぼかあ苦労には慣れてるからね」とネズミ＝ビーバー。

《ムルカダム》が着陸した。同時に防御フィールドが消え、グッキーは自由な通路を手に入れた。まずロボットたちが消え、次にガリバー、ナジャ、ティリィ・チュンズが姿を消した。次はかれの番だ。

ハロルド・ナイマンはじっと動かず、自分の内面に耳を傾けていた。テレポーテーションはいつものように進んだ。引っ張られるような痛みがさっとはしったと思うと、もうあたらしい環境にいた。数秒後にアノリーが、最後にローダンとグッキー本人があらわれた。繁殖船内にかれらのシュプールはない。

「着いたぞ」と、だれかがつぶやいた。その甲高い声でナイマンはブルー族だと思った。そうか、到着したんだな。深夜だった。空に輝く星もまばらで、気温も快適だ。周囲には木々が繁り、灌木におおわれた丘が見えた。遠くで正体不明の光が点滅している。

「さてと、これがサンプソンか」無遠慮な声はグッキーだ。「なにもないね。まずはぐるっと見物しようよ」

その言葉でナイマンは昏迷から抜け出した。

自分たちの任務をわすれかけていた。将軍候補生イッタラーを探すのだ。

あとがきにかえて

井口富美子

故郷銀河に戻るため悪戦苦闘しているローダンたちと違い、私は生まれ故郷にUターンして丸三年が過ぎた。最初の一年は知らない土地に移住してきたようで、地域に溶け込むだけで精一杯だった。二年目は病状が悪化した父が亡くなり、母も入退院を繰り返したため、あっという間に過ぎ去った。そして三年目、相変わらず母に振り回されてはいるが、カフェと骨董屋を営む中学の同級生に再会したり、市の移住者インタビューに呼ばれたときに同年代のIターン移住者二人と知り合ったりと、ようやく地元にも親しい友人ができた。また彼らの仕事の関係で、約百年前に建てられた町家を開放して行なわれた街おこしイベントに協力し、紅葉の季節に白洲《しらす》正子《まさこ》を魅了した寺に連れて行ってもらい、地元に設立された障がい者アートの美術館を訪ね、自分らしい、地に足がついて落ち着いた生活が戻ってきた。ありがたい限りだ。

私がその美術館で見たいわゆるアール・ブリュットは、本巻でフレゴル・テム・ミルが扱う美術品とは異なり、心揺さぶる作品世界だった。もしデグルウムたちが見たらきっと感心したに違いない。NHKの日曜美術館で取り上げられた塔本《とうもと》シスコの他、古賀翔一、後藤拓也、舛次崇《しゅうじたかし》、辻勇二、西岡弘治、村田清司など、どれをとっても興味深いものだった。街や地図や風景が作家独自の視点でとらえられ、線や色がどんどん増殖していく絵画、天賦の才と言える繊細な色使いで構成されたモザイクのような抽象画、建物が自由自在に成長していく立体など、大胆でモダンな作品群と昭和初期に建てられた町家が調和した、一期一会《いちごいちえ》の空間が生まれていた。

地元で知り合ったのは同年代ばかりではない。木工やパン焼き、コーヒー焙煎、廃品利用のアクセサリー作り、古民家を利用した宿泊施設の運営など、若い移住者や地元農家の若者、街おこし協力隊の隊員からも、時代の息吹を感じている。彼らが主催するイベントはユニークだ。戦後建築の古い民家を借りて「コーヒーとたき火と本を用意しました」という、よくわからないが楽しそうな集まり。仲間たちと茶畑を借り、収穫した茶葉を緑茶だけではなく紅茶や中国茶にしてしまうハンコ屋兼カフェ。祭りの山車《だし》作りを見学する街歩きツアー。真冬のレンコン掘り（腰まで泥につかる）大会、品種／生産農家別米の食べ比べなど、発想の自由さがうらやましい。高齢化が進む旧市街も、おかげで活気を取り戻しつつある。

東京科学大学リベラルアーツ研究教育院の柳瀬博一教授が二〇二五年一月四日付けのnote記事「メディアの話　東京とそれ以外と。」に、〝日本は、「東京的都市」と「それ以外」でできている〟と書いていた。それはまさしく私が今現在感じていることだ。

教授曰く、首都の街はホワイトカラーとインターネットと鉄道とばか高い不動産と飲食店でできている。「それ以外」の田舎は自動車なしでは生きられない村。東京だけが突出してホワイトカラーが多く、その真ん中にいるのが「政府、官僚、大企業、マスメディア、ネットメディア、大学の方々」。この人たちにとって東京＝日本だから、ほとんど「東京」の事情だけで日本を語る。「ライドシェア」の規制なんてその最たるもの。

そうだそうだ、そのとおり！　人手不足と働き方改革でバスやタクシーは減る一方。自治体が運営するコミュニティバスも市役所と市民病院に行くためだけのもの。遠回りで一日数本、しかも路線バスが通っているところには来ないから、歩いた方が早かったりする。運転をやめた高齢者だけでなく、私のように運転が苦手のペーパードライバーにとって、交通手段はアキレス腱だ。ライドシェアさえあれば、田舎暮らしの不便も半減するのに。骨董カフェの同級生はエアビー（民泊）もやっていて、お客さんがタクシーを呼んでも来ないからとても困ると言っていた。近隣の市町村ではコンパクトシティ宣言とか脱炭素シティ宣言とかぶち上げているけれど、だれも本気にしていない。絵に描いた餅だ。だってこの辺じゃ車は一人一台で、みんなガソリン車だもの。

柳瀬教授はこうも言っている。〝アメリカの民主党と共和党の「分断」も、根っこには、「都会」と「それ以外」、ホワイトカラーとそれ以外、の分断が潜んでいるように見える。どっちがいい、って話じゃないが、溝は、おそらくある〟

これにもうなずくしかない。かく言う私も、こちらに帰ってきた時は都会の目線で「それ以外」を見下し、腹を立てていたのだから。


さて、最後に明るい話も書こう。前述の町家開放イベントでは「私の本棚公開」に参加した。市長や街の有名人に混じって、骨董カフェの友人も私のような一般人も、自分の蔵書から好きな本を選んで各自二十冊前後を会場に並べた。人の本棚は楽しい。知らない本、知っている本を見ていくと、その人の人生や世代、人となりもわかるような気がする。二月には「シェア型書店（古書）」をお試し企画でやるらしい。私も今からどの本を出そうか楽しみつつ選書している。

円

劉慈欣短篇集

The Circle And Other Stories

劉 慈欣

大森 望・泊 功・齊藤正高訳

〔星雲賞受賞〕円周率の中に不老不死の秘密がある――十万桁まで円周率を求めよという秦の始皇帝の命を受け、荊軻は三百万の兵による人列計算機を起動した！　『三体』の抜粋改作である表題作など、中国SF界の至宝・劉慈欣の精髄十三篇を収録した短篇集。文庫版ボーナストラック「対談・劉慈欣×大森望」収録

ハヤカワ文庫

折りたたみ北京

現代中国ＳＦアンソロジー

INVISIBLE PLANETS: CONTEMPORARY CHINESE SCIENCE FICTION IN TRANSLATION

ケン・リュウ編
中原尚哉・他訳

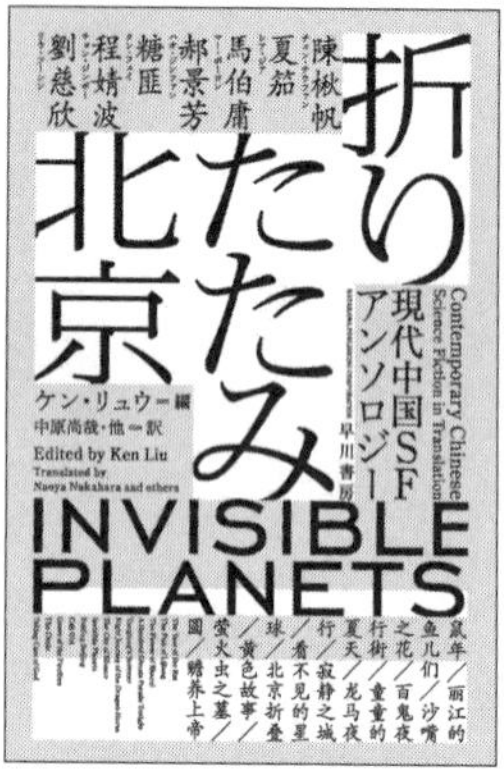

〔ヒューゴー賞／星雲賞受賞〕十万桁まで円周率を求めよと始皇帝に命じられた荊軻は三百万の軍隊を用いた人間計算機を編みだす。『三体』抜粋改作にして星雲賞受賞作「円」、三層都市を描いたヒューゴー賞受賞作「折りたたみ北京」などケン・リュウが精選した七作家十三篇を収録のアンソロジー　解説／立原透耶

ハヤカワ文庫

金色《こんじき》昔日《せきじつ》

現代中国SFアンソロジー

BROKEN STARS: CONTEMPORARY CHINESE SCIENCE FICTION IN TRANSLATION

ケン・リュウ編

中原尚哉・他訳

北京五輪の開会式を彼女と見たあの日から、世界はあまりにも変わってしまった――『三体X』の著者・宝樹《バオシュー》が、中国の歴史とある男女の運命を重ね合わせた表題作、『三体』の劉慈欣《リウ・ツーシン》が描く環境SFの佳品「月の光」など、14作家による中国SF16篇を収録。ケン・リュウ編によるアンソロジー第2弾。解説／立原透耶

ハヤカワ文庫

ミッキー7

MICKEY7

エドワード・アシュトン
大谷真弓訳

使い捨て人間《エクスペンダブル》——それがミッキーの役割だ。氷の惑星でのコロニー建設ミッションにおいて危険な任務を担当し、死ぬたびに過去の記憶を受け継ぎ新しい肉体に生まれ変わる。だがある任務から命からがら帰還すると次のミッキーが出現していて……!? 極限状況下でのミッキーの奮闘を描くSFエンタメ! 解説/堺三保

ハヤカワ文庫

SF名作選

泰平ヨンの航星日記〔改訳版〕
スタニスワフ・レム／深見弾・大野典宏訳

東欧SFの巨星が語る、宇宙を旅する泰平ヨンが出会う奇想天外珍無類の出来事の数々！

泰平ヨンの未来学会議〔改訳版〕
スタニスワフ・レム／深見弾・大野典宏訳

未来学会議に出席した泰平ヨンは、奇妙な未来世界に紛れ込む。異色のユートピアSF！

ソラリス
スタニスワフ・レム／沼野充義訳

意思を持つ海「ソラリス」とのコンタクトは可能か？　知の巨人が世界に問いかけた名作

地球の長い午後
ブライアン・W・オールディス／伊藤典夫訳

遠い未来、人類は支配者たる植物のかげで生きのびていた……。圧倒的想像力広がる名作

ノーストリリア
〈人類補完機構〉
コードウェイナー・スミス／浅倉久志訳

地球を買った惑星ノーストリリア出身の少年が出会う真実の愛と波瀾万丈の冒険を描く

アーシュラ・K・ル・グィン&ジェイムズ・ティプトリー・ジュニア

〈ヒューゴー賞/ネビュラ賞受賞〉
闇の左手
アーシュラ・K・ル・グィン/小尾芙佐訳

両性具有人の惑星、雪と氷に閉ざされたゲセン。そこで待ち受けていた奇怪な陰謀とは?

〈ヒューゴー賞/ネビュラ賞受賞〉
所有せざる人々
アーシュラ・K・ル・グィン/佐藤高子訳

恒星タウ・セティをめぐる二重惑星——荒涼たるアナレスと豊かなウラスを描く傑作長篇

風の十二方位
アーシュラ・K・ル・グィン/小尾芙佐・他訳

名作「オメラスから歩み去る人々」、『闇の左手』の姉妹中篇「冬の王」など、17篇を収録

〈ヒューゴー賞/ネビュラ賞受賞〉
愛はさだめ、さだめは死
ジェイムズ・ティプトリー・ジュニア/伊藤典夫・浅倉久志訳

コンピュータに接続された女の悲劇を描いた「接続された女」などを収録した傑作短篇集

たったひとつの冴えたやりかた
ジェイムズ・ティプトリー・ジュニア/浅倉久志訳

少女コーティーの愛と勇気と友情を描く感動篇ほか、壮大な宇宙に展開するドラマ全三篇

ジョン・スコルジー

老人と宇宙《そら》
ジョン・スコルジー／内田昌之訳

妻を亡くし、人生の目的を失ったジョンは、宇宙軍に入隊し、熾烈な戦いに身を投じた！

遠すぎた星　老人と宇宙《そら》2
ジョン・スコルジー／内田昌之訳

勇猛果敢なことで知られるゴースト部隊の一員、ディラックの苛烈な戦いの日々とは……

最後の星戦　老人と宇宙《そら》3
ジョン・スコルジー／内田昌之訳

コロニー宇宙軍を退役したペリーは、愛するジェーンとともに新たな試練に立ち向かう！

ゾーイの物語　老人と宇宙《そら》4
ジョン・スコルジー／内田昌之訳

ジョンとジェーンの養女、ゾーイの目から見た異星人との壮絶な戦いを描いた戦争ＳＦ。

戦いの虚空　老人と宇宙《そら》5
ジョン・スコルジー／内田昌之訳

コロニー防衛軍のハリーが乗った秘密任務中の外交船に、謎の敵が攻撃を仕掛けてきた⁉

訳者略歴　立教大学文学部日本文学科卒，翻訳家　訳書『《パジス》復活！』エルマー，『〈九月の朝〉作戦』エルマー&マール（以上早川書房刊）他多数

HM=Hayakawa Mystery
SF=Science Fiction
JA=Japanese Author
NV=Novel
NF=Nonfiction
FT=Fantasy

宇宙英雄ローダン・シリーズ〈731〉

平和《へいわ》スピーカー

〈SF2471〉

二〇二五年二月　二十　日　印刷
二〇二五年二月二十五日　発行
（定価はカバーに表示してあります）

著者　ペーター・グリーゼ　ロベルト・フェルトホフ
訳者　井《い》口《ぐち》富《ふ》美《み》子《こ》
発行者　早川　浩
発行所　株式会社　早川書房
郵便番号　一〇一 - 〇〇四六
東京都千代田区神田多町二ノ二
電話　〇三 - 三二五二 - 三一一一
振替　〇〇一六〇 - 三 - 四七七九九
https://www.hayakawa-online.co.jp

乱丁・落丁本は小社制作部宛お送り下さい。
送料小社負担にてお取りかえいたします。

印刷・信毎書籍印刷株式会社　製本・株式会社明光社
Printed and bound in Japan
ISBN978-4-15-012471-7 C0197